暗号クラブ

5

謎のスパイを追え！

JN242775

ブラッドレー、ステファニー、ルーク、そしてライラ――
私のトレジャーハンターたちに、この本を捧(ささ)げる。

◆暗号クラブ規則◆

◆モットー◆

その一　暗号、パズル、なぞを見つけたら、必ず解く！

その二　暗号クラブの活動内容は、人にしゃべらない。

◆クラブのサイン◆

右手と左手の人さし指をひっかけあう

（アメリカの手話で「友だち」の意味）。

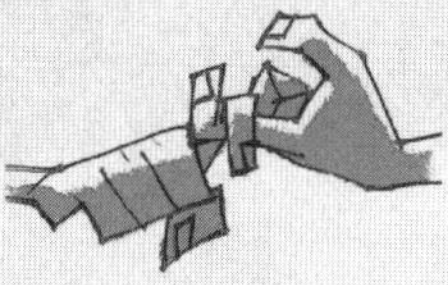

◆秘密のパスワード◆

その日の曜日を逆さまに言う（日曜日なら、「びうよちに」）。

◆集合場所◆

暗号クラブの部屋（ユーカリ林のおくに建てた小屋）

◆もくじ◆

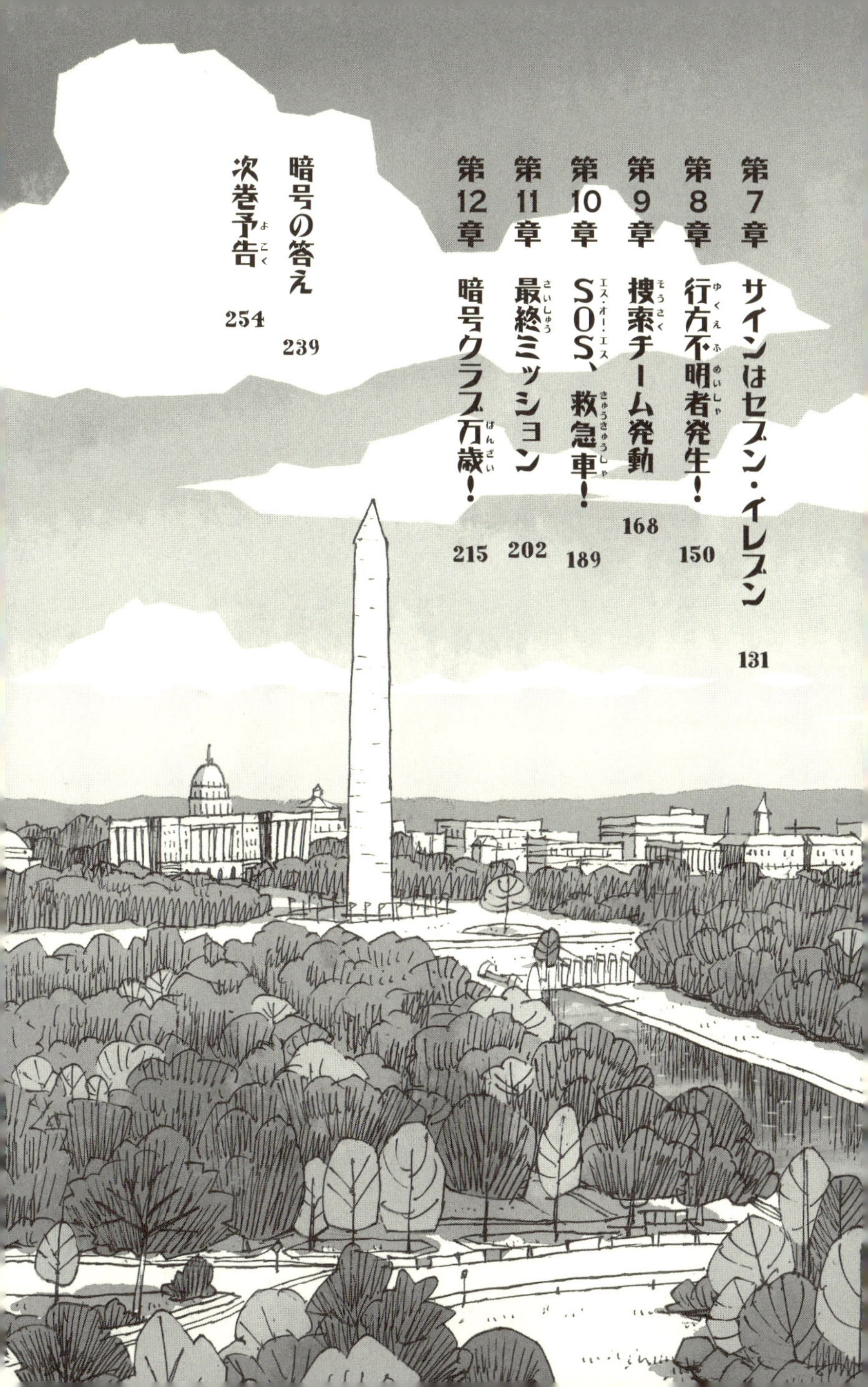

◆登場キャラクター紹介◆

会員番号①
ダコタ・ジョーンズ

ニックネーム：コーディ

秘密の呼び名：コード・レッド

特徴：赤毛、くせっ毛／緑の瞳

その他：ほっぺのそばかす

特技：外国語、人の顔つきや
　　　身ぶり手ぶりを読むこと

連絡先：庭のハイノキ

将来の計画：国際通訳、または手話通訳

得意分野：手話、点字、警察用語

会員番号②
クイン・キィ

秘密の呼び名：ロック&キー

特徴：黒のツンツン頭／茶色の瞳

その他：サングラス

特技：テレビゲーム、
　　　コンピュータ、ギター

連絡先：犬小屋

将来の計画：ＣＩＡの暗号解析担当官、
　　　　　　またはゲームソフト開発者

得意分野：軍隊用語、コンピュータ用語

会員番号③
マリアエレナ・エスペラント

ニックネーム：エム・イー
秘密の呼び名：ME
特徴：茶色のロングヘア／茶色の瞳
その他：ハデハデファッション
特技：手書き文字の解読、おしゃれ
連絡先：植木ばちの下
将来の計画：ＦＢＩの筆跡鑑定官、または獣医
得意分野：スペイン語、
ケータイのショートメール

会員番号④
ルーク・ラヴォー

秘密の呼び名：クール・ガイ
特徴：黒のくせっ毛／こげ茶の瞳
その他：アメフトチーム〈ニューオーリンズ・セインツ〉のぼうし
特技：スポーツ全般、スケートボード、クロスワードパズル
連絡先：げんかんポーチの階段下
将来の計画：プロのスケボー選手、スタントマン、またはレーサー
得意分野：単語パズル、スケボー用語

◆ローマ字対応(たいおう)表◆

や ya	ま ma	は ha	な na	た ta	さ sa	か ka	あ a
	み mi	ひ hi	に ni	ち ti	し si	き ki	い i
ゆ yu	む mu	ふ hu	ぬ nu	つ tu	す su	く ku	う u
	め me	へ he	ね ne	て te	せ se	け ke	え e
よ yo	も mo	ほ ho	の no	と to	そ so	こ ko	お o

ぱ pa	ば ba	だ da	ざ za	が ga	ん n	わ wa	ら ra
ぴ pi	び bi	ぢ di	じ zi	ぎ gi			り ri
ぷ pu	ぶ bu	づ du	ず zu	ぐ gu			る ru
ぺ pe	べ be	で de	ぜ ze	げ ge			れ re
ぽ po	ぼ bo	ど do	ぞ zo	ご go		を wo	ろ ro

◆指文字対応表◆

あ い う え お
か き く け こ
さ し す せ そ
た ち つ て と
な に ぬ ね の
は ひ ふ へ ほ
ま み む め も
や ゆ よ
ら り る れ ろ
わ
ん
が ぎ ぐ げ ご
ざ じ ず ぜ ぞ
だ ぢ づ で ど
ば び ぶ べ ぼ
ぱ ぴ ぷ ぺ ぽ
っ
ゃ ゅ ょ
を・ぉ

◆手旗信号対応表（てばたしんごうたいおう）◆

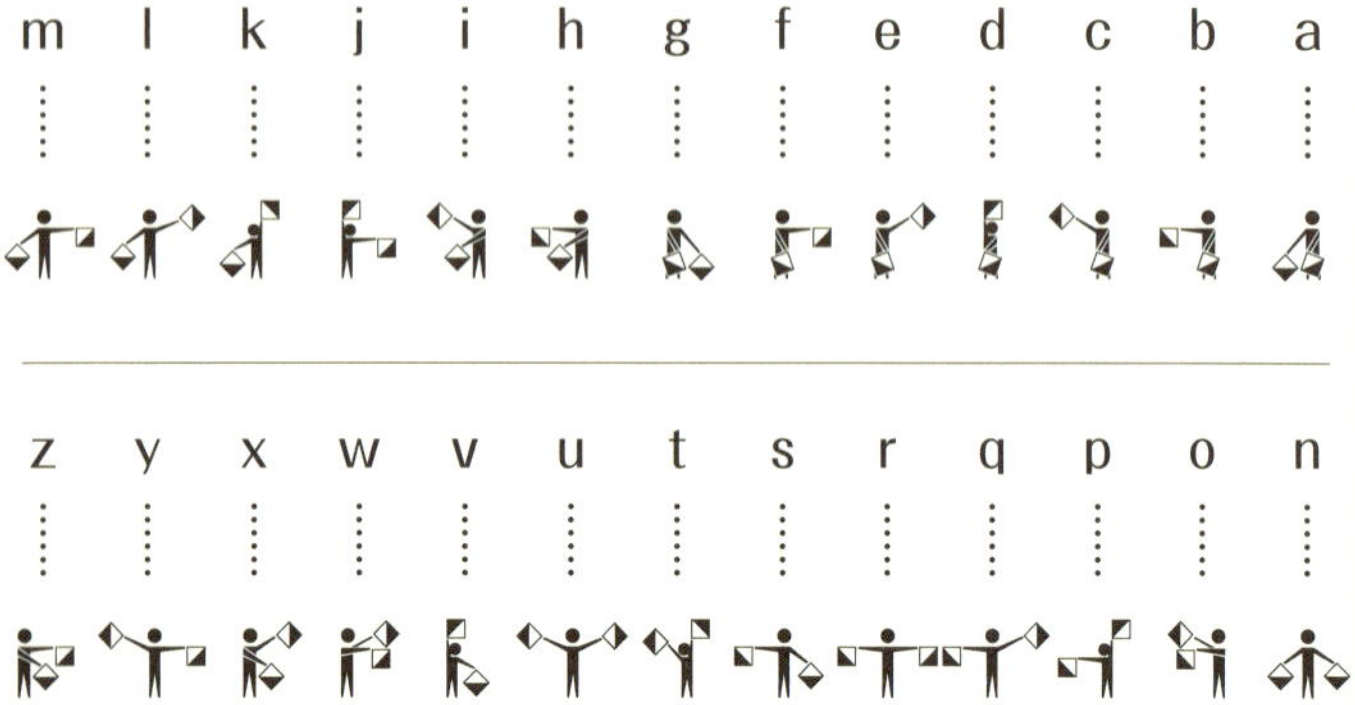

◆おきかえ（LEET（リート））暗号表◆

M …… |v|
L …… |_
K …… |<
J …… _|
I …… !
H …… #
G …… 6
F …… |=
E …… 3
D …… |)
C …… (
B …… 8
A …… 4

Z …… 2
Y …… ¥
X …… ><
W …… vv
V …… |/
U …… (_)
T …… +
S …… $
R …… 12
Q …… (,)
P …… |*
O …… ()
N …… И

◆モールス信号表◆

ア	－－・－－
イ	・－
ウ	・・－
エ	－・－－－
オ	・－・・・
カ	・－・・
キ	－・－・・
ク	・・・－
ケ	－・－－
コ	－－－－
サ	－・－・－
シ	－－・－・
ス	－－－・－
セ	・－－－・
ソ	－－－・
タ	－・
チ	・・－・
ツ	・－－・
テ	・－・－－
ト	・・－・・
ナ	・－・
ニ	－・－・
ヌ	・・・・
ネ	－－・－
ノ	・・－－
ハ	－・・・
ヒ	－－・・－
フ	－－・・
ヘ	・
ホ	－・・
マ	－・・－
ミ	・・－・－
ム	－
メ	－・・・－
モ	－・・－・
ヤ	・－－
ユ	－・・－－
ヨ	－－
ラ	・・・
リ	－－・
ル	－・－－・
レ	－－－
ロ	・－・－
ワ	－・－
ヲ	・－－－
ン	・－・－・
濁点	・・
半濁点	・・－－・
長音	・－－・－
1	・－－－－
2	・・－－－
3	・・・－－
4	・・・・－
5	・・・・・
6	－・・・・
7	－－・・・
8	－－－・・
9	－－－－・
0	－－－－－

◆暗号クラブ専用通話表◆

ア…暗号
イ…いちょう
ウ…うさぎ
エ…英語
オ…おりがみ
カ…かいじゅう
キ…切手
ク…クラブ
ケ…ケーキ
コ…子ども
サ…サングラス
シ…新聞

ス…すずめ
セ…世界
ソ…相談
タ…タップダンス
チ…中央
ツ…月夜
テ…手紙
ト…鳥かご
ナ…泣き虫
ニ…人間
ヌ…ぬいぐるみ
ネ…ねずみ

ノ…野原
ハ…はがき
ヒ…飛行機
フ…フルーツ
ヘ…平和
ホ…ほうき
マ…マッチ
ミ…みかん
ム…無線
メ…メガネ
モ…モールス信号
ヤ…やまびこ

ユ…弓矢
ヨ…幼稚園
ラ…ラジオ
リ…りんご
ル…ルビー
レ…レモン
ロ…ローマ字
ワ…ワイヤー
ヲ…ワ行のオ
ン…おしまい
ー…のばす
゛…テンテン

◆数字転換(てんかん)暗号対応(たいおう)表◆

12	11	10	9	8	7	6	5	4	3	2	1
し	さ	こ	け	く	き	か	お	え	う	い	あ

24	23	22	21	20	19	18	17	16	15	14	13
ね	ぬ	に	な	と	て	つ	ち	た	そ	せ	す

36	35	34	33	32	31	30	29	28	27	26	25
や	も	め	む	み	ま	ほ	へ	ふ	ひ	は	の

46	45	44	43	42	41	40	39	38	37
ん	を	わ	ろ	れ	る	り	ら	よ	ゆ

◆ピッグペン暗号表◆

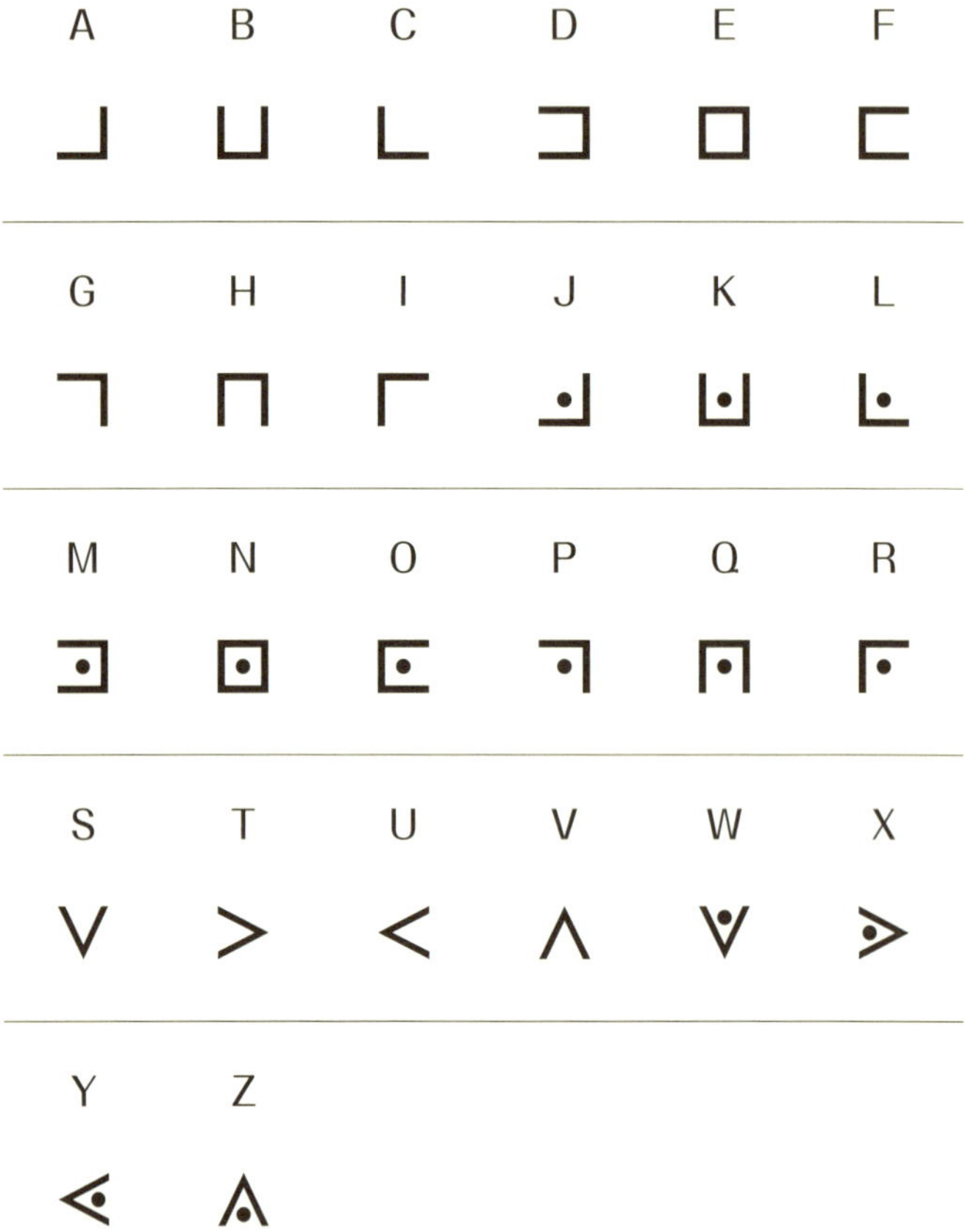
A B C D E F
G H I J K L
M N O P Q R
S T U V W X
Y Z

◆ワシントン暗号表◆

A	B	C	D	E	F
—			+	#	?	丰
G	**H**	**I**	**J**	**K**	**L**
□	⊡	;	匚	[•	]
M	**N**	**O**	**P**	**Q**	**R**
•]	└•	└	=	Π	Π•
S	**T**	**U**	**V**	**W**	**X**
○	⊙	┐	•┐	∧	∨

Y	Z
<	>

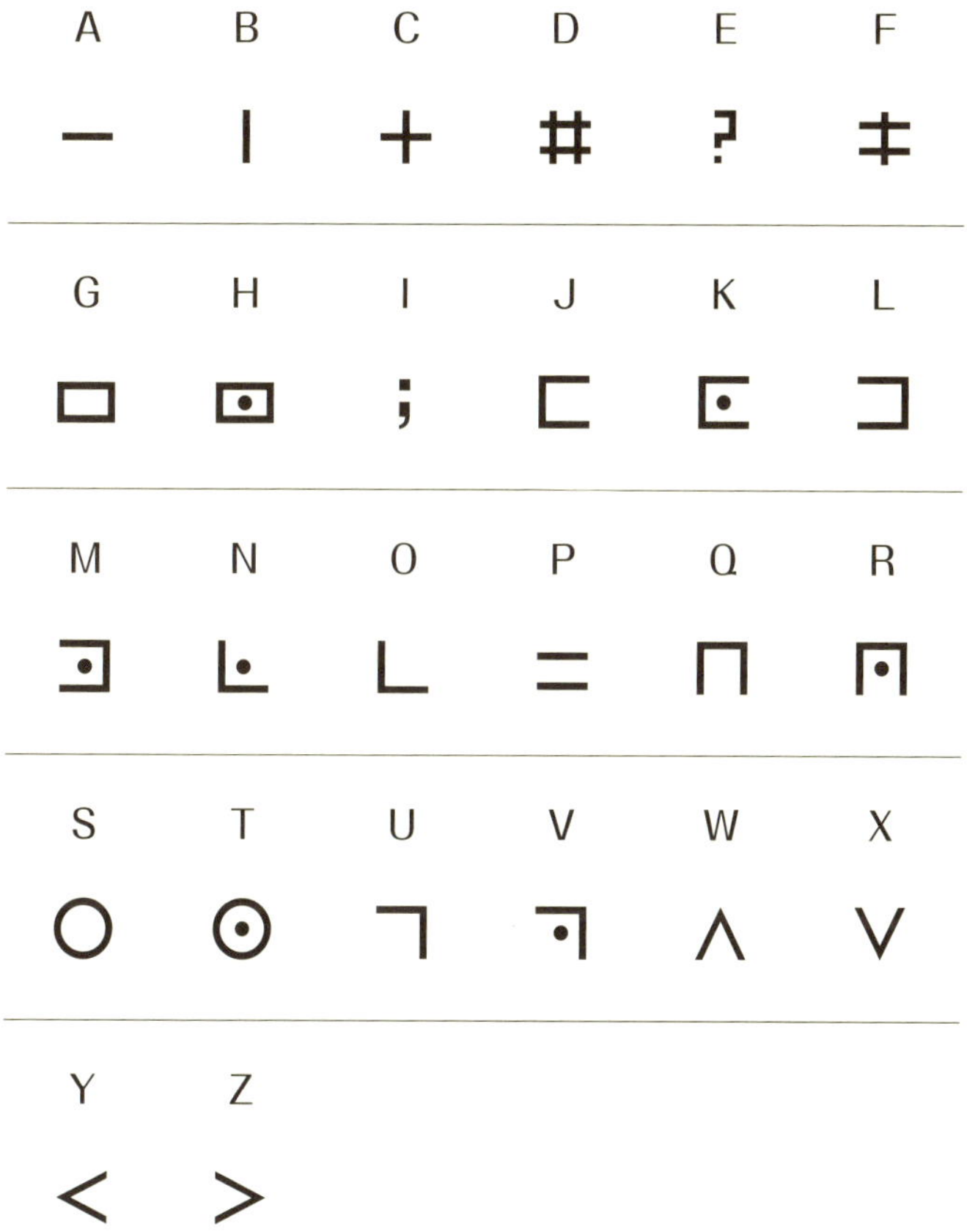

第1章

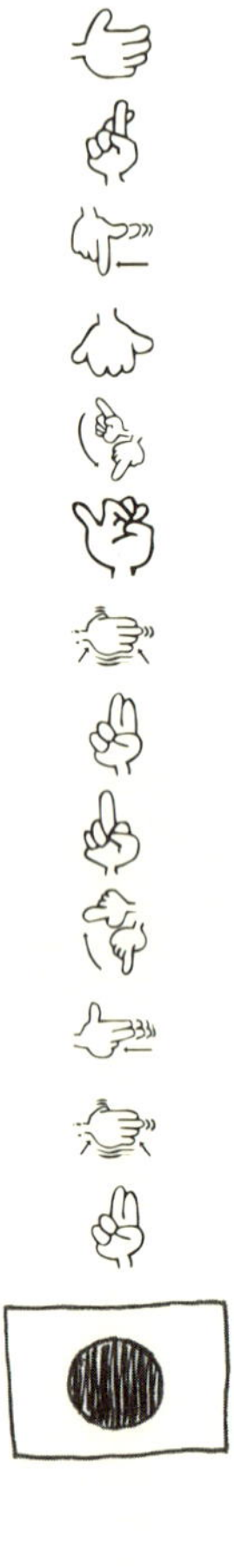

「さて、これはどこの国で使われている文字でしょう。わかった人は、手をあげてください」

スタッド先生が、六年A組のみんなに質問した。先生の右手は、黒板にならんだ、見慣れない文字をさしている。

コーディことダコタ・ジョーンズは、黒板を見つめて考えこんだ。

（これ、たぶん漢字だよね。っていうことは、中国か、日本か……どっちだろう？）

スタッド先生が、一番前の席のシヴァリをさした。

「中国ですか？」

「おしい！」

スタッド先生が首を横にふる。カールした茶色い髪が、ふわりとゆれた。

「ほかに、だれかわかる人？」

ろうか側にすわっている女の子が、そろそろと手をあげた。黒髪のボブカットがかわいい日本人の女の子、リカだ。

（あ、リカが手をあげてる！）

コーディはおどろいて、リカの横顔を見つめた。先週A組に編入してきたばかりのリカは、内気でおとなしい。授業中に手をあげたのは、たぶんこれがはじめてだった。

「あの、日本語です……」

リカが答えると、スタッド先生はにっこり笑って言った。

「正解！」

リカが教室に来た日、スタッド先生はリカのことを、「新しいクラスメイト」と紹介した。でもほんとうは、リカがバークレーに来たのは、半年以上前だ。ずっと、英語を集中的に勉強する外国人特別クラスにいたので、コーディたちとは図工や体育といった、あまり英語を使わない授業でしか、顔を合わせたことがなかった。図工の授業でリカととなり同士になったコーディは、ときどき話すことがあったけれど、

まだ個人的な話をするほど、仲よくはない。でも、友だちになりたいなと思っている。

昨年の秋に、暗号クラブの四人でスタッド先生にプレゼントをしたときも、リカがヒントをくれた。リカが持ってきていた寄木細工の箱が、とってもすてきで、思わず「それなあに？」とコーディが聞いたことがきっかけだった。

A組に編入してくると決まったときは、こんどこそ仲よくなるぞと思ったものの、リカは自分の席で本を読んでいることが多いので、ちょっと話しかけにくかった。でも、ちがう言葉を話す外国に来たんだから、緊張してとうぜんだよねと、コーディは思った。コーディは、同じカリフォルニア州の中で引っ越しただけなのに、転校初日はめちゃくちゃ緊張した。

（今度、暗号クラブのメンバーといっしょに、カフェテリアでお昼食べない？って、さそってみようかな。日本がどんなところなのか、いろいろ話も聞きたいし）

あれこれ考えていると、スタッド先生がリカに質問した。

「リカは日本人だから、漢字が読めるのよね？」

リカが、こっくりとうなずく。

後ろの席のライアンが、手をあげた。

「中国語と日本語って同じに見えるんだけど、ちがうんですか？」

「たしかに、わたしたちアメリカ人には、似ているように見えますね。でも、日本語と中国語では、文字は似ていても、文法や発音がまったくちがうんですよ」

先生がそう説明すると、リカがまた手をあげた。

「はい、リカ」

「文字にも、ちがいがあります……。あの、日本には、中国から取り入れた漢字のほかに、ひらがなとカタカナという文字があるんです」

（文字が三種類もあるって、どういうことなんだろう？　日本語っておもしろい！）

コーディは、興味をそそられた。スタッド先生が、クラスを見わたして聞く。

「リカは日本語と英語の二か国語が話せるそうですが、ほかのみんなは、どうでしょう？　英語以外の言葉をしゃべれる人は、このクラスにどれくらいいますか？」

クラスの三分の一くらいが、手をあげた。先生が一人ずつ当てて、何語が話せるか聞いていく。エム・イーはスペイン語、サミールはヒンドゥー語、ジョディはベトナム語。ジョシュはヘブライ語を勉強中で、コールはおじいちゃんと話すときだけ、アイルランドのケルト語を使うんだそうだ。

「こんなにいろんな言葉をしゃべる子が集まっているとは、なんて国際的なクラスなんでしょう」

スタッド先生が、感心したように言う。と、コーディの前にすわる〝おジャマじゃマット〟が、ニヤニヤしながら手をあげた。

「おれも、バビブベボ語ならしゃべれまーす。やばすぶみびじびかばんぶ、まばだばかばよぼ？」

（答えは解答編２３９ページ）

子どもたちがどっと笑い、スタッド先生が、マットにするどい視線を向ける。コーディはあきれて、天井をあおいだ。

（もう。ほんとにマットって、こりないんだから）

笑い声がやむのをまって、先生は言った。

「今からみなさんに、新しい暗号を紹介しましょう」

「わあ！」

「今度は、どんな暗号？」

あちこちで歓声があがる。もちろんコーディも、拍手してよろこんだ。

親友のエム・イー、クイン、そしてルークの四人で「暗号クラブ」として活動しているくらい、コーディは大の暗号好きなのだ。暗号クラブは、B組のクインが、暗号で書いた会員募集広告を、学校の掲示板に張り出したのをきっかけに生まれた。最初にルーク、つづいてエム・イーとコーディが入会して以来、四人はすっかり意気投合し、モールス信号、手旗信号、点字、ヒエログリフといった、さまざまな暗号を使いこなせるように、日々研究をつづけている。暗号として使えそうな言語も、少しずつみんなで教えあっている。

コーディが仲間に教えたのは、手話だ。コーディの妹タナは、生まれつき耳が聞こえないので、家では手話を使っている。その中でも、緊急時に役に立ちそうな指文字や手話を、暗号クラブの仲間たちに教えた。両親がメキシコ人のエム・イーは、かんたんなスペイン語を伝授してくれた。おかげでコーディは、スペイン語で一から二十まで数えられるし、「オラ（こんにちは）！」「アディオス（さようなら）」、ついでに「ドンデ・エスタ・エル・バーニョ（トイレはどこですか）？」も言える。そして、両親が中国系アメリカ人のクインは、中国語のあいさつ「你好（ニーハオ）」を、さらに、アメリカ南部のニューオーリンズでくらしていたルークは、お国言葉のケイジャン語（フランス語と英語がまじった言葉）を教えてくれた。

「新しい暗号は、すでにみなさんの目の前にあります。そう、黒板に書いてある、この日本語のことです」

スタッド先生が、説明を始める。

「それって、暗号じゃないじゃん」

おジャマじゃマットが、横やりを入れる。でも、スタッド先生は、自信たっぷりに返した。

「暗号ですとも！　すべての言語は、その言語を知らない人にとって、暗号になります」

コーディはにこにこしながら、先生の話にうなずいた。

（やったね！　暗号クラブの外国語リストが、もう一つふえる！）

「なんで日本語なんだよ。こっちは英語の勉強だけで、すでにたいへんだっつーのにさあ。来週おれたち、ワシントンD.C.に行くんだぜ。日本語なんて、ぜんぜんカンケーねーじゃん」

　おジャマじゃマットが、聞こえよがしにひとりごとを言う。

（いよっ、出ました、マットの特技、「いちゃもんつけ」！　今日はまだ、三回めかな？）

　コーディは心の中で、かけ声をかけた。おジャマじゃマットこと、マシュー・ジェフリーズは、いつも何かに対して不平不満を言っている。はじめは聞くだけでいやな気持ちになっていたのだけれど、だんだん、聞き流せるようになった。今や、一日何回不満を言うか数えて、おもしろがることさえ、できる。

　スタッド先生が、ふうっとため息をついた。

「それが、ちゃんと関係あるんですよ、マシュー。来週、みんながワシントンD.C.に行くころは、ちょうど桜が見ごろで、さくらフェスティバルが行われる予定です。

このフェスティバルは、百年以上前に、日本から桜の苗木が運ばれてきて以来、ワシントンD.C.で毎年のように開催されているイベントで、パレードの山車で日本の和太鼓が演奏されたり、たこ焼き屋台が出たりと、日本文化にふれる、いい機会でもあるのです」

「なんでそんな大げさな祭りを、毎年やるんすかあ?」

おジャマじゃマットが、さらにケチをつける。

「それはね、桜の木が、日本とアメリカの友情のしるしに、東京から贈られたプレゼントだからですよ。何千本もの桜の木のお返しとして、アメリカからはハナミズキの木が贈られたそうです。みんな、せっかく桜の時期にワシントンD.C.に行くのですから、フェスティバルも楽しみましょうね」

「おれはスパイ博物館にだけ行けたら、さくらフェスティバルなんかどーでもいいしー」

なおも言いつづけるマットに、とうとうスタッド先生の堪忍袋の緒が切れた。

「いいかげんにしなさい、マット。社会科研修旅行に行きたくないなら、自宅にのこってもらってけっこう。その代わり、先生がたっぷり宿題を出してあげます。どちらがいいか、自分で決めなさい」

マットがいすの上で、塩をかけられたナメクジみたいに小さくなった。これで、五分くらいはおとなしくなるはずだ。

ほっとしたコーディの目に、黒板の横に張られた、さくらフェスティバルのポスターが目に入った。

（ワシントンD.C.旅行、ワクワクするなあ！　マットじゃないけど、国際スパイ博物館に行くのが、やっぱり一番楽しみ！）

旅行のことを考えると、思わず笑顔になってしまう。

以前、バークレー小の六年生たちは、社会科見学でバラ十字エジプト博物館を訪れた。そのとき、博物館内で展示品がすりかえられるさわぎが起こったが、暗号クラブがみごとに事件を解決した。博物館はそのお礼にと、六年生全員をワシントンD.C.に招待してくれたのだ。

この一週間というもの、コーディは毎日のように、スパイ博物館のウェブサイトをチェックしている。スパイ道具の説明書きを読んだり、有名スパイの生涯を調べたり、ミュージアム・ショップで売っているグッズを見たり……。

（スパイ博物館で、暗号クラブの備品をいくつか買い足せたらいいな。とくに暗号解読盤つき指輪は、ぜったい手に入れたいのよね。スパイ・ペンも！）

頭の中で、あれこれ想像がふくらむ。

「さあ、それでは授業にもどりましょうか」

スタッド先生がせきばらいをして、まじめな声で話しはじめた。

「さっきマットから、スパイ博物館の話が出ましたね。みんなも知っているとおり、スパイの世界には、暗号がつきものです。暗号というと、きみょうな記号や数字を思いうかべるかもしれません。でも、もしもみんなが、まわりの人に理解できない外国語を知っていれば、それもりっぱな暗号になるんですよ。これからみなさんには、日本の漢字を紹介しますが、習った日本語を使って、友だち同士で暗号メッセージを送りあえるとしたら、覚える価値はあると思いませんか？　さくらフェスティバル開催中のワシントンD.C.旅行で、役に立つことがあるかもしれないしね」

スタッド先生が、意味ありげにウィンクする。

「暗号メッセージ、送ってみたい」

「漢字が書けたら、かっこいいよね」

何人かが、声をあげる。

「よろしい。それでは、みんなのやる気にこたえて、宿題を出します」

今度は、何人かのうめき声があがった。

「宿題は、黒板に書かれた漢字を使って、暗号を解くことです」

先生が、十個の漢字をさし示して言う。

前の席で、マットが何やらぶつぶつ言うのが聞こえた。

（なんて言ってるんだろう……、いや、聞こえないほうがいいか。それにしても、クラブで使える暗号がふえるのはうれしいな。暗号は、いくらあってもありすぎることはないもの！）

コーディは、わくわくしていた。

「ここに書かれた漢字は、大字と呼ばれる数字です」

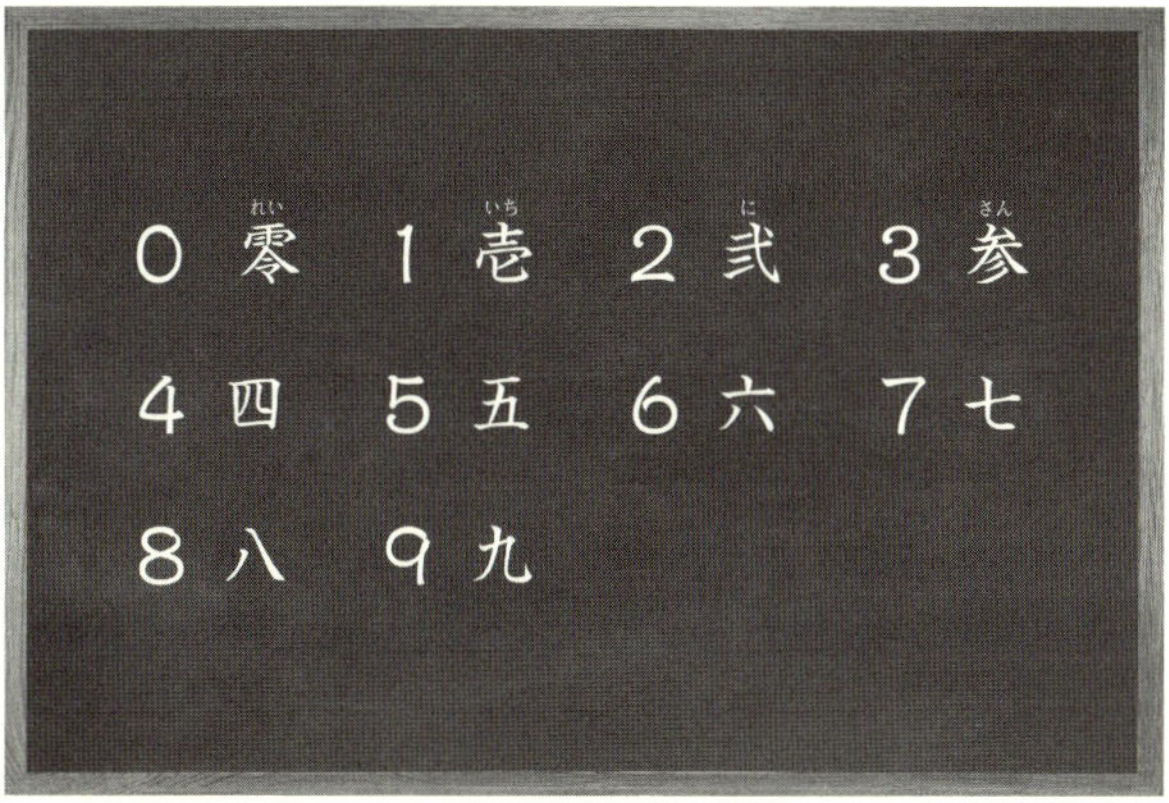

スタッド先生は、黒板の文字を一つずつ指さして、発音していった。

「レイ、イチ、ニ、サン、シ、ゴ、ロク、ナナ、ハチ、キュウ。

大字というのは、勘定書や小切手などを書くとき、あとからだれかが線を書きくわえて、数をごまかしたりすることをふせぐための、特別な書き方のことです。たとえば日本の一万円札や二千円札にも、大字で『壱万円』、『弐千円』と記してあります。ふつうは漢数字といって、もっとかんたんな漢字が使われるのですが、バークレー小のみんなは優秀なので、あえてむずかしいほうに挑戦することにしましょう」

コーディは黒板を見ながら、注意ぶかくノートに字を書きうつしていった。

（ひゃあ、漢字って、すごくむずかしい！　大きく書かないと、こまかい点や線がごちゃごちゃになっちゃう。アルファベットとはぜんぜんちがうのね）

とりわけ「零」から「参」までは、漢字をはじめて習うコーディには、超難題だった。まゆ根にしわをよせながら、なんとかそれらしく見えるように書きうつす。四から後ろは字画がぐんとへるので、まだおぼえられそうだ。

書きうつしながら、コーディは四からあとの数字を暗記しようとした。

（四角い窓の両脇に、カーテンがかかっているみたいな形——これが「四」ね）

何か別な物に見立てると、字がおぼえやすくなるからふしぎだ。コーディは次の文字、「五」を見つめた。

（小文字のｈと大文字のＩが組みあわさってるみたい……。「ｈＩ！」ってあいさつしてるところなのかな!?）

コーディは書きながら、くすっと笑った。

（「六」は、人の形に見えなくもないな。頭の下に真横に広げた腕があって、その下に二本の足が生えてるの。「七」は、アルファベットのLとtがいっしょになった形。「八」は、シンプルな二本足。「九」は小文字のtと、左右逆になったJが組みあわさってるみたい)

暗号クラブの全員が大字をマスターしたら、クラブミーティングの時間など、重要な数字を伝えるときに使うことができる。そう考えて、コーディはすべての漢字を、ていねいに書きうつした。

(そうしたら、おジャマじゃマットみたいなおジャマ虫から、秘密情報を守ることができてべんりよね。マットがこの漢字をおぼえられるとは、とうてい思えないもの)

コーディは満足して、ノートに書きうつした漢字を見つめた。

「ではみなさん、練習問題です。これはなんと読むでしょう?」

スタッド先生が、黒板に数を書きだす。

ガブリエッラが、手をあげて答えた。

「1、8、5、5、です」

「正解。では、この数字が何を示しているか、わかる人?」

壱　一八五五

エム・イーがさっと手をあげた。

「一八五五年ってことですかっ?」

「そのとおり!　では、さらに聞きます。一八五五年には、何が起こったでしょう?」

いくつか手があがったけれど、正解は出なかった。スタッド先生がにっこり笑う。

「ちょっとむずかしすぎたかもしれませんね。答えは、アメリカで一番有名な、スミソニアン博物館が開館した年です。スミソニアン博物館とは、主にワシントンD.C.にある、十九の博物館群をさします。今回の旅行では、そのうちのいくつかを見学しますから、楽しみにしていてくださいね。

これから旅行に出発するまで、ワシントンD.

C・に関係する重要な人物や場所について、ほかにもいろいろ確認していくことにしましょう。たとえば、みんなの興味がありそうな、FBI本部のことなんかもね。ところで、FBIの正式な名前を知っている人はいますか？」

コーディはほとんど反射的に手をあげた。暗号クラブのメンバーにとっては、かんたんすぎる問題だ。

「フェデラル・ビューロー・オブ・インベスティゲーション（連邦捜査局）です」

「ご名答！　これから配る宿題には、FBIについての問題もありますから、張りきって解いてくださいね。全問正解した人は、来週のミニテストに特別点を追加します」

コーディは、配られたプリントに目を通した。ざっと見るかぎり、むずかしい問題はほとんどなさそうだ。

（わからないところは放課後、暗号クラブの物知り博士クインに聞くか、インターネットで調べることにしよう）

終業のチャイムが鳴り、スタッド先生がにこやかに言う。

「それではみなさん、また明日。楽しい放課後を！」

ワシントンD.C.クイズ

①　アメリカ合衆国の首都は？

【あ】ワシントンD.C.　【い】ニューヨーク　【う】ロサンゼルス

②　ワシントンD.C.をひと言で言うと、どんなところ？

【あ】アメリカ合衆国の経済の中心　【い】政治の中心　【う】文化の中心

③　アメリカの初代大統領の名前は？

【あ】トマス・ジェファーソン　【い】エイブラハム・リンカーン

【う】ジョージ・ワシントン

④　エイブラハム・リンカーンは、いつの時代の大統領？

【あ】アメリカ独立戦争　【い】アメリカ南北戦争　【う】第一次世界大戦

⑤ **ワシントンD.C.にある大統領官邸は、いっぱんになんと呼ばれている？**

【あ】エリゼ宮 【い】ダウニング街10番地 【う】ホワイトハウス

⑥ **ワシントンD.C.にある国防総省（防衛省）には、建物の形を表す呼び名がつけられている。その形とは？**

【あ】五角形（ペンタゴン）【い】三角形（トライアングル）【う】六角形（ヘキサゴン）

⑦ **FBIって何？**

【あ】アメリカ合衆国のスパイ組織 【い】アメリカ合衆国の警察組織

【う】フライドチキンのチェーン店

⑧ **CIAって何？**

【あ】アメリカ合衆国のスパイ組織 【い】アメリカ合衆国の警察組織

【う】飛行機会社

（答えは解答編239〜241ページ）

みんながいっせいに立ち上がり、プリントやノートをリュックにしまいはじめた。

「宿題は明日までですからね、わすれないように！」

スタッド先生が、教室を出ていく子どもたちに向かって声を張りあげる。

コーディとエム・イーはリュックを引っつかみ、ろうかに出た。向かう先は、校旗掲揚台だ。そこで、暗号クラブの残りのメンバー、クイン、ルークと落ちあうことになっている。クインとルークはコーディと同じ六年生だけれど、クラスがちがう。パイク先生が担任のB組だ。

ルークとクインは、すでに国旗掲揚台の前でコーディたちを待っていた。

「ワシントンD.C.旅行まであと六日だって！　待ち遠しいね」

あいさつ代わりにコーディが言うと、クインがうん、とうなずいた。

「今度の旅行で行けるかどうかわからないけど、オレいつか、ワシントンD.C.郊外にある、南北戦争博物館に行ってみたいんだよね。パイク先生が今日、授業でおもしろい南北戦争ネタを教えてくれてさ、がぜん興味が出てきたんだ。南北戦争中、北軍の捕虜たちは、収容所で『ピッグペン（ブタ小屋）暗号』っていうのを使って、連絡を取りあったんだってさ。かっこいいだろ？　ちなみにオレたちの今日の宿題は、ピッグペン暗号の解読なんだけど――」

熱っぽく語りつづけるクインの横で、エム・イーがプッとふき出した。

「ブタ小屋暗号!?　へんな名前！　あとでどういうのか、ぜったい教えてねっ。あたしたちA組は、日本の漢字を教わったんだよ。宿題にワシントンD.C.クイズも出たから、クインとルークも、手伝いよろしくっ」

暗号クラブの四人は、部室があるユーカリ林に向かって、歩きはじめた。すると、とちゅうでクインが、コーディの肩をトントンとたたいた。

「コーディ、宿題なくすとこだったぞ。リュックのポケットから落ちそうになってた。ほら」

クインに手わたされた白い紙を見て、コーディは首をかしげた。

「これ、宿題じゃないよ……」

紙に描かれたイラストをじっと見つめる。

（だれがこれを、わたしのリュックに入れたんだろう？）

（答えは解答編２４１ページ）

「意味不明の絵がならんでる。へんなの……」

コーディは三人にも見えるよう、紙をかかげてみせた。

「暗号メッセージかもしれんぞ。絵のなぞなぞとちがうか？」

ルークが言う。

「どういう意味だろっ？」

エム・イーの問いに、コーディは首をかしげた。

「ちょっと見せて」

クインが紙を手に取り、じっくりながめる。

「ルークの言うとおり、これたぶん、絵のなぞなぞ——つまり、判じ絵ってやつだな。絵が表している言葉や文を当てるゲームだよ。最初の絵は、帽子をかぶっただれかだろ。次は……うーん、ぞうきんか？」

「帽子をかぶっただれか、スパイみたいに見えんか？」

「たしかにそうだな」

ルークの指摘に、クインがうなずく。

エム・イーが、紙をのぞきこんで言った。

「三つめの絵は、どう見ても歯だよねっ」

「うん。で、その次がしっぽを前にしてるネコ。あと王様？」

クインが、頭をかきむしった。

「で、最後の二つは、三本指に、電話かぁ」

四人はしばらくのあいだ、考えこんだ。

最初に沈黙をやぶったのは、エム・イーだった。

「ちょっとみんなっ。あたし、だいぶわかっちゃったかも！　ネコのしっぽが前にあるのは、『尾が前』だから『おまえ』ってことじゃないっ？」

「なるほど！」

クインが大きくうなずいた。

エム・イーは、大きな目をかがやかせて、先をつづけた。

「でねっ、次の王様は、『おう』だけど、「を」にしたかったんじゃないかな。つなげると、『おまえを』で、意味が通るでしょ？　そのあとは三本指で表す三つで『み』、電話は『TEL』だから、二つつなげて『みてる』。『おまえを見てる』って文ができたよっ」

「すごい！」

「さすがやな、エム・イー」

コーディとルークが、同時に感嘆の声をあげた。

むずかしい顔をして絵をながめていたクインが、質問する。

「……じゃあさ、最初の三つの絵はなんだと思う?」

エム・イーは、肩をすくめた。

ルークが言う。

「帽子をかぶっただれかの絵は、そのかっこうから考えると、『スパイ』っちゅう意味やないか?」

コーディもけんめいに知恵をしぼる。

「歯がそのまんま『は』だとしたら、『スパイはおまえを見てる』になるわね」

「だとすると、スパイのあとのぞうきんの絵は、どういう意味だろ?」

クインが、もう一度聞いた。エム・イーが顔をしかめる。

「『ぞうきん』っていうのがスパイの暗号名ってことかなっ? でも、そんなマヌケな暗号名ないよねっ、ふつう」

すると、クインがてきぱきした口調で言った。

「ほとんど解けたことだし、あとは部室に着いてから考えようぜ」

白い紙をリュックにしまう前に、コーディはイラストが描かれた紙をもう一度見つめた。

(この判じ絵が、だれかがわたしのことを見てるっていう意味なんだとしたら……どうしてそんなことするんだろう？　それに、このメッセージの差し出し人は、いったいだれなんだろう？)

コーディは、きみが悪くなってきた。

ひとつだけたしかなのは、これを描いた人物は、絵がうまいということだ。

そして、コーディのリュックに手紙をこっそりしのばせることができるくらい、身近にいるということ。

そう、すごく身近に……。

第2章

仲間といっしょにユーカリの丘を上り、部室に向かう。そのあいだコーディは、リュックにつっこまれていたきみょうなメッセージについて、あれこれと考えつづけていた。

（あの紙はいつ、入れられたんだろう？　リュックはいつもそばにあったのに、ぜんぜん気づかなかった……）

四人はじきに、ユーカリ林の中にかくれるように建っている小屋に到着した。みんなで建てた、二代目の部室だ。最初に建てた部室は、だれかにこわされてしまったため、同じ場所に建て直したのだ。壁は古い看板ボードをクギでつなぎあわせ、角をダクトテープで張ったもので、天井部分は、アーミーショップで買ってきた、迷彩色のパラシュートでおおってある。

ベニヤ板のドアは、外側から南京錠で、鍵がかけられるようになっている。鍵を持っているのは、暗号クラブの四人だけだ。最初に部室に到着したメンバーが、内側からかんぬきをかけておく。あとから来たメンバーは、特別な方法でノックし、正しいパスワードを言わなければ、中に入れないシステムだ。特別なノックというのは、各自のイニシャルを、モールス信号に変換したもののこと。パスワードは、その日の曜日をさかさまに言えばいい。たとえば火曜日なら、「びうよか」だ。これまで、部室には何度か部外者が入りこもうとしたことがある。だから、外側の南京錠と内側のかんぬき、さらにノックとパスワードの防犯対策は、メンバーにとって必要不可欠なのだった。

部室に入った四人は、金属板の上にカーペットをしいた床に、円陣を組んですわった。さっそく、各自宿題のプリントを取り出す。コーディとエム・イーが、習ったばかりの大字を見せると、クインとルークは、さらさらと自分の暗号ノートに書きうつした。そのあとは、クインとルークが、コーディたちにピッグペン暗号を見せる番だ。すべての記号を暗号ノートにうつし終えると、コーディは例の絵のなぞなぞを、リュックから取り出した。

「さっきのつづきだけど、二番目のイラストは、どういう意味なんだろう。みんな、何か思いついた？」

エム・イーとルークが首を横にふる。クインはすばやく、自分のリュックからタブレットＰＣを取り出した。グーグルの検索画面で「スパイ、ぞうきん」と打ちこむ。だが、ヒントになりそうな検索結果は何も出てこなかった。

クインが、ため息をつく。

「だめだな、こりゃ。ま、またあとで考えることにしようぜ。時間をおけば、ひらめくこともあるかもしれないしな。ところで、タブレットＰＣを出したついでに、みんなに見せたいものがあるんだ。スパイ博物館のウェブサイトなんだけどさ……」

クインは、検索らんに「国際スパイ博物館」と打ちこんだ。表示された博物館のウェブアドレスをクリックして、三人に見せる。

「スパイ博物館には、何百っていうスパイ道具が展示されてるらしいんだけど、とにかくおもしろい物がいっぱいなんだ。それと、博物館に行けば、スパイにもなれるらしいぜ」

「そうそう、そうなんだよね！　わたしも読んだ！」

コーディは興奮して、かん高い声をあげた。

その横で、エム・イーがけげんな顔をする。

「スパイになれるって、どういうことっ？　まさか、本物のスパイじゃないよね？」

クインが首を横にふる。

「もちろん、ただのゲームだよ。自分で暗号名を作って、スパイの登録書類ににせの経歴を書きこんで、にせのＩＤを作るんだ。どこで生まれて、何歳で、職業はなんで……というふうにね。にせのＩＤ情報は、かんぺきにおぼえとかなきゃならない。博物館では、スパイ役のスタッフが個人情報について質問してくることもあるから、そのときうっかりボロを出したら、アウトってわけ」

「おもしろそうやなあ！　スパイになりきる自信、おれはあるぞ」

ルークが、スパイ映画のジェームズ・ボンド風に、上着のえりを立てながら言った。

といっても、立てたのはジャージのえりなので、いまいちカッコよくなかったけれど。

博物館のウェブサイトに目をもどしたクインが、おっ、と声をあげた。

「シークレットサービス（大統領の警護を担当する人たち）が使う、大統領の呼び名がのってるぞ」

「なんて呼ばれてんのっ？」

エム・イーが聞いた。

「POTUSだって（『プレジデント・オブ・ザ・ユナイテッド・ステイツ（合衆国大統領）』の頭文字をつなげた言葉）。それから、大統領の護衛の車列は、『バンブー（竹）』っていうらしいよ」

「バンブー!?　へんな名前っ！」

「まだある。副大統領のオフィスは、『クモの巣（コブウェブ）』だってさ！」

おかしな暗号名に、四人は声をそろえて笑った。

「ワシントンD.C.に行ったら、ホワイトハウス（大統領官邸）も見られるんだよね。そこはなんていう暗号名なのかなぁ」

コーディがつぶやくと、クインがすぐに調べてくれた。

「『キャッスル（城）』だってさ。ちなみにペンタゴン（防衛総省）は『キャリコ（更紗）』。どの呼び名も、ふつうに仕事していたらぜったい使わないような言葉が選ばれるらしいよ。話が混乱したり、聞きまちがいが起こったりするのをふせぐためにね。たしかに、『クモの巣の天井に張ったクモの巣をそうじしといてくれ』とか、『キャリコにキャリコの布地をとどけてきます』なんて会話、シークレットサービスで聞くことはまずないもんな」

「なあクイン、今度この部室にも、暗号名をつけるっちゅうんはどうや？　できるだけヘンテコな名前にするんや」

ルークが提案すると、クインは笑ってうなずいた。それからタブレットＰＣに目をもどした。

「博物館では、街中に出てスパイ任務に挑戦するっていうゲームが人気らしいよ。博物館で貸し出されるＧＰＳ受信機を使って、ワシントン市内の名所を回るゲームなんだって」

「そのゲーム、やってみたいな」

コーディの言葉に、ルークがうなずいた。

「たぶん、やれるっち思うぞ。ワシントンD.C.では『スパイ養成オリエンテーリングゲーム』をやるっち、となりの席のジェイムズがゆうとった。パイク先生からちょくせつ聞いたそうやけ、たしかや。クインが今ゆうたゲームと、まったく同じかどうかはわからんけどな」

「やったねっ！」

エム・イーがバンザイポーズをする。

「そうだ、そろそろ宿題やんないと……」

クインが、タブレットPCをわきにおいた。

「メッセージの内容はワシントンD.C.旅行に関係あるって言ってたから、エム・イーとコーディも、いっしょに問題を解いてみないか？　オレたちも、A組の宿題いっしょにやるからさ」

コーディとエム・イーは、二つ返事でしょうちした。クインが、みんなから見える位置に、宿題のプリントをおく。

「ふーん、これがブタ小屋暗号かあ。二つずつある三角と四角の囲いに、アルファベット文字が入ってるように見えるねっ」

エム・イーが言う。

コーディは、解読表をのぞきこんだ。本当だ。よく見ると、同じ形の囲いでも、点がついているのと、ついていないのがある。

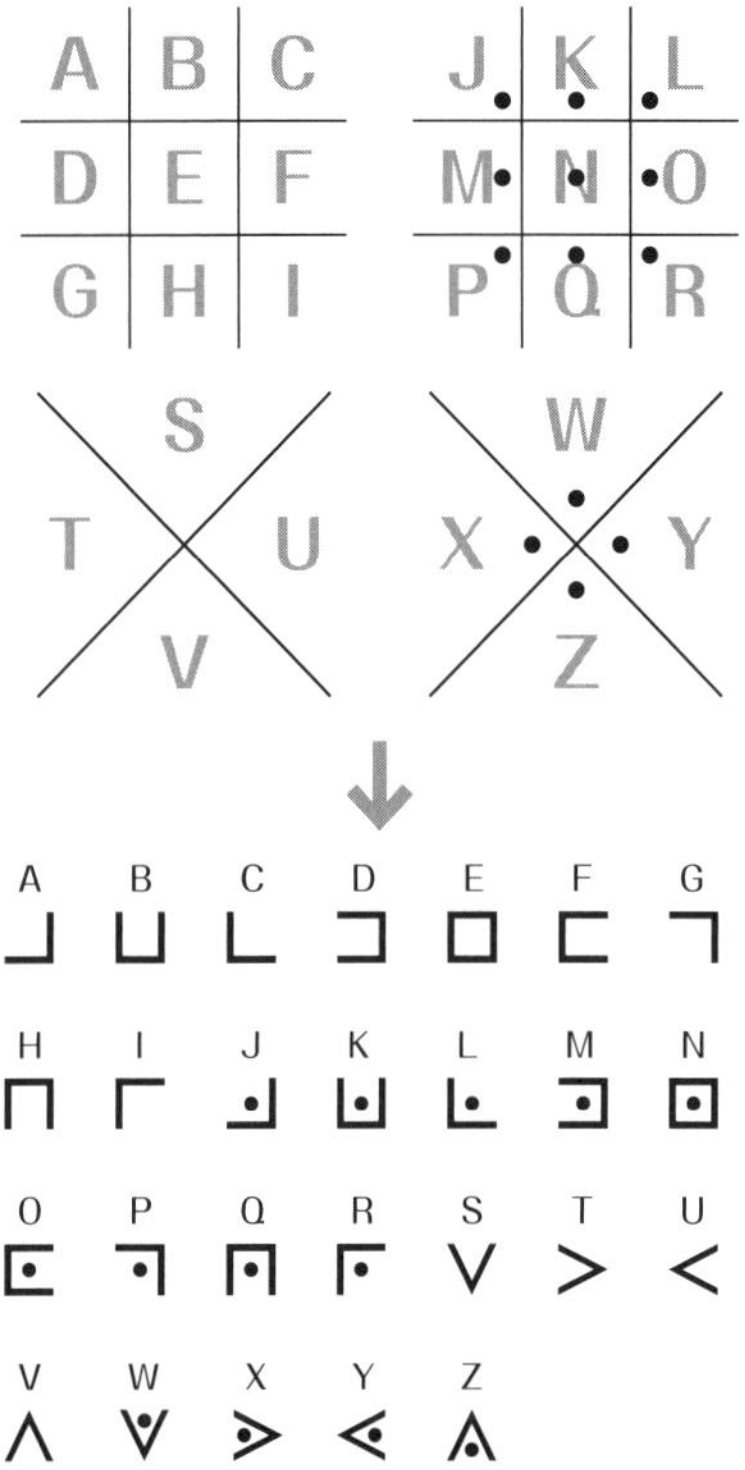

「○×ゲームみたいにも見えるな」
ルークが笑う。

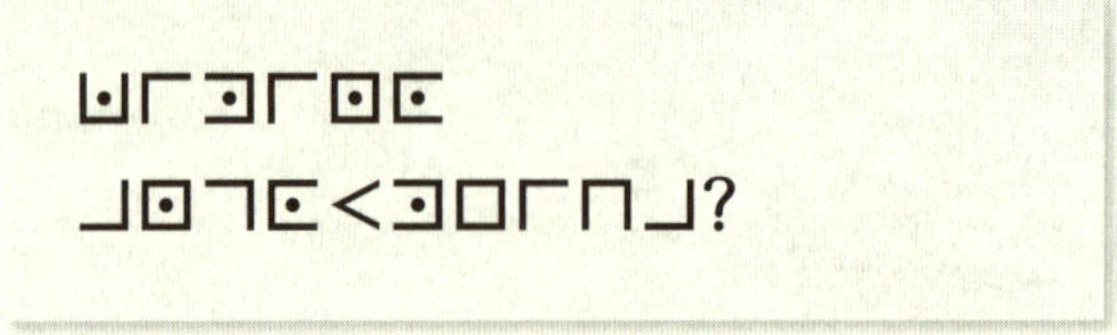

クインが、えんぴつを持った手をふり上げた。

「だれが最初に解きおえるか、競争しようぜ」

「よーい、始め！」

四人は同時に問題に取りかかった。暗号ノートに書きうつしたピッグペン暗号と、宿題プリントとを見くらべながら、コーディはメッセージを解読していった。

（答えは解答編２４２ページ）

コーディは、解きおえると、全員が顔を上げるまで、みんなおとなしく待った。先に答えを言ったりして、みんなの楽しみをだいなしにしたくなかったからだ。

じきに、クインが顔を上げた。そのあとにルーク、エム・イーがつづく。

「できたっ！　短くてかんたんだったね。しかもあたしたち、暗号名ならすでに持ってるしっ」

エム・イーの言うとおり、暗号クラブの四人は、すでに暗号名を持っている。クラブを結成するとき、各自で暗号名を決めたのだ。秘密のメッセージを送りあうときは、つねに暗号名を使っている。

エム・イーの暗号名は、マリアエレナの頭文字を取ったもの——つまり、「ME」。ルークは、アナグラムにした自分の名前をふくむ、「クール・ガイ」。クインは、名字が「キー（鍵）」と同じ音なので、暗号解読のイメージに引っかけて、「ロック&キー」。そしてコーディは、自分の髪の色と名前を組みあわせた、「コード・レッド」だ。

「ピッグペン暗号を使って、メッセージを書こうぜ」

クインが提案したので、四人はさっそく、新しくおぼえた暗号でメッセージを作成した。

コーディは、スパイ博物館で一番買いたい物をリストアップした。

「スパイ養成オリエンテーリング」を楽しみにしているルークは、すなおに頭にうかんだことを書いた。
エム・イーはとくに何も頭にうかばなかったので、とりあえず質問してみた。
そしてクインは、ある提案をした。

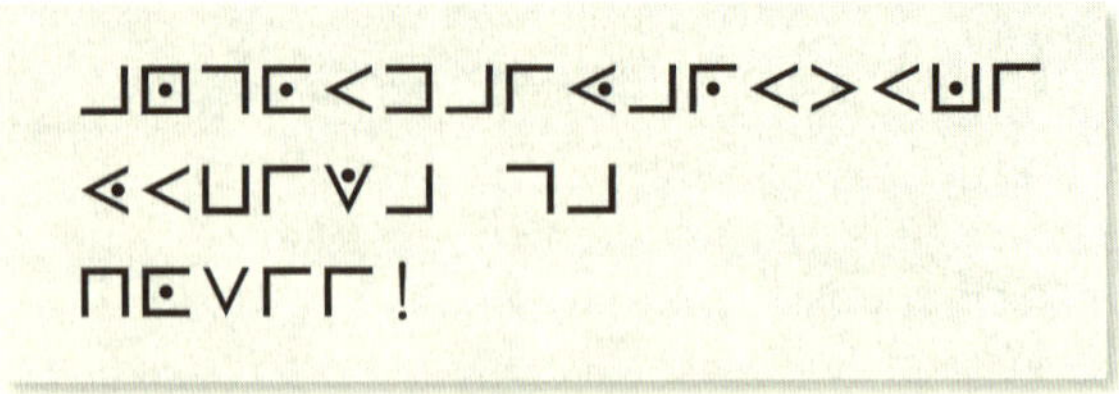

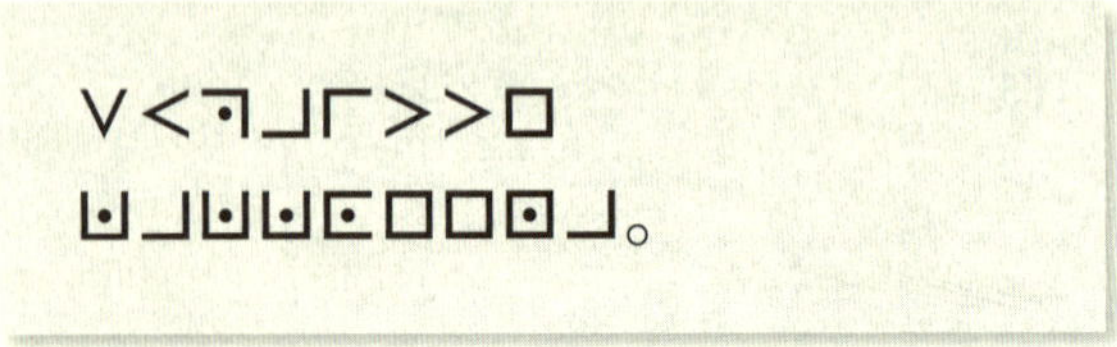

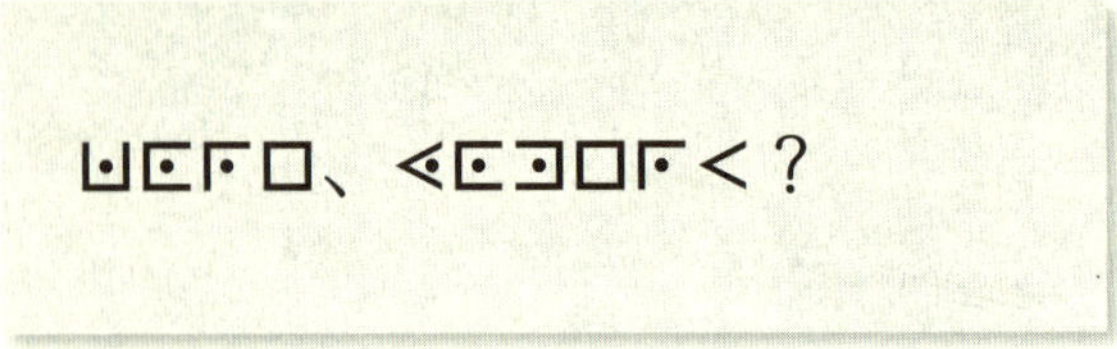

（答えは解答編242ページ）

みんなでわいわい言いながら暗号問題を解きあっていたら、コーディのスマートフォンが鳴った。ママからのショートメールだ。

「はやく家にもどりなさい！」

と書いてある。

（まずい。遊びにむちゅうで、門限のことをすっかりわすれてた！）

「あと三十分以内に家に帰らなくちゃ。でも、まだスタッド先生の宿題をやってないよ。急ごう！」

コーディは大字が書かれた表を床におき、その横に宿題プリントをならべた。

七　参弐　参五　壱参　弐六゜　弐

参八　参　壱四　弐　九゛　一　参参　弐弐

壱壱　四六　六　　壱弐　壱六　弐　六？

みんなで表とにらめっこしながら、すべてを英数字に書き直す。ならんだ数字を見たエム・イーが、いやそうな顔をした。

「げっ。まさか計算問題!?」

「それはどうかなあ。スタッド先生なら、ちゃんと暗号問題を出してくれるはずだと思うんだけど……」

言いながら、コーディは宿題プリントにもう一度目を走らせた。ねんのため、紙を裏返してみる。と、下のほうに小さな字が印刷してあった。

「見て！『数字転換暗号を使って解くこと』って書いてある」

「ほんとだっ。よかったー」

算数の苦手なエム・イーが、ほっとしたように言う。

「どんなメッセージやろ。スパイ博物館に関係することなんかな？」

「たしかめる方法は、一つしかない！」

クインの言葉を合図に、各自が暗号ノートをめくりはじめた。ずっと前にスタッド先生に習った、数字転換暗号のページを開く。それから先をあらそって、メッセージ

（答えは解答編243ページ）

の解読に取りかかった。

「ワシントンD.C.では、おもしろそうなことがいっぱいありそうだねっ！」

メッセージを解読しおえたエム・イーが、はずんだ声で言う。

「スパイ博物館、チョー楽しみ！　あとは、自然史博物館の「衣服の歴史」コーナーさえ見られたら、あたしはもう、最高にしあわせよお……」

夢見るような声で、エム・イーは言った。エム・イーは、ファッション・デザイナーをめざすくらい、洋服が大好きなのだ。

「オレは、国立航空宇宙博物館で、アポロ十一号の司令船を見たいんだよな」

「おれは国立自然史博物館で、ステゴサウルスとトリケラトプスの化石ば見たいっちゃね」

クインとルークも、それぞれ行きたい場所をあげた。

「だったらわたしはさくらフェスティバルの……」

コーディも言いかけたところで、ふいに口をつぐんだ。目を見開き、くちびるに人さし指をおしあてる。

「しーっ！」

急にその場でこおりついたコーディを、三人の仲間が見つめている。コーディは自分の右耳を人さし指でさしてから、両手を首もとでひらひらとふった。手話で、「物音が聞こえる」という意味だ。それから外を指さした。

どこかでピシリと、木の枝が折れたような音が聞こえた気がしたのだ。人間だか獣だかわからないけれど、何かが小屋のすぐそばにいる！

エム・イーが、恐怖でこわばった顔の前に、両手を持っていった。親指を使い、鼻の前でくるくるっと円を描いてみせる。「ピューマ」という意味だ。

コーディは音の聞こえたほうへ体をかたむけ、耳をすました。

しばらくして、ルークが片手をゼロの形に丸めてみせた。「なんも聞こえん」という意味だ。

コーディは、無言でうなずいた。肩の力が、ふっとぬける。

（ルークの言うとおり、きっとなんでもなかったんだ。だれかが外にいるんなら、みんなだって物音に気づくはずだもの。とにかく、もう家に帰らなきゃ。おくれたら、ママのかみなりが落ちて、たいへんなことになる）

あわてて宿題をかたづけはじめたそのとき、もう一度さっきと同じ音が、聞こえた。

地面に落ちた小枝を足でふんづけたような音――。クイン、エム・イー、ルークが、張りつめた表情で耳をすます。

（今度は、みんなにも聞こえたんだ！）

小屋のドアの向こう側に、だれかがいる。

侵入者？　それとも、ピューマ？

暗号クラブの四人は、ぴりぴりと、身の危険を感じていた。

第3章 ……。

「も、もしもーし？」

クインがドアの外側に、そっと呼びかける。

エム・イーはあきれたように天井をあおぐと、小声で言った。

「クインってばっ！　外にいるのがピューマだったら、返事が返ってくるわけないじゃん！」

クインがムッとして、言い返す。

「わかってるって。ただ、こうやって声を出せば、向こうもこわがって逃げるかと思ってさ」

「『もしもーし』なんて言って、こわがると思うっ？」

「じゃあ、なんて言えばいいんだよ？」

「二人とも、言いあいはやめんね。今からおれが、外ば見てくるけえ」

ルークが、二人をいさめた。

(さすがルーク。危険なときはいつだって、進んで先頭に立ってくれるのよね)

コーディは心の中で、拍手を送った。でも、同時にちょっと心配になった。勇かんなルークはカッコいいけれど、危険なめにあってほしくない。

「もしほんとにピューマだったら、どうするの?」

コーディが聞くと、ルークは、すばやくあたりを見回した。

「そうやな。なんか、武器になるような物があれば……」

ルークは床のカーペットをめくり、金属板をずらした。地面に掘られた秘密のかくし穴が現れる。この穴の中には、暗号クラブの貴重品や、備品がしまってある。虫めがね、双眼鏡、懐中電灯、暗号関係の本といった物だ。

数ある備品の中から、ルークは長い持ち手のついた、業務用の大型懐中電灯を選び取った。

「待って! いい考えがある」

コーディは携帯電話を取り出し、アプリのアイコンをさがした。警報器のマークを指さし、ルークにさし出す。

「外に出たら、このアイコンをおして。ものすごい音が出るから、ピューマならこわがって逃げるはずよ」

ルークはこっくりうなずくと、懐中電灯を持っていないほうの手で、携帯電話を受け取った。

クインがそっと、ドアのかんぬきを外す。

ルークが、ドアの外に頭をつき出した。

「何か見えたか？」

後ろからクインが聞く。ルークはかぶりをふり、一歩外に出た。重い懐中電灯をいつでもふり下ろせるよう、高く持ち上げる。携帯電話のアプリアイコンも、いつでもおせるよう、スタンバイしている。

コーディたちは、ドアの内側から外をのぞいた。いちおう、それぞれが自分の身を守れそうな物を手にしている。クインはかんぬきの棒、エム・イーはハサミ、コーディは部室の中に転がっていた大きな石を、両手に持ってそなえた。

数メートル先のしげみで、カサコソという音が聞こえた。コーディが、音のしたほうを指さす。

「あそこよ！」

ルークがアプリボタンをおした。

ビーッ！　ビーッ！

耳をつんざく大音量が、あたりの空気をふるわせる。ルークは少しのあいだ、ボタンをおしつづけた。

ふいに、しげみがざわざわとゆれた。

しげみの後ろから、黒い影が矢のように飛び出し、ユーカリ林の丘を全力疾走していく。

ルークは、アプリボタンをおすのをやめた。めいっぱい背のびして、逃げていく何かの姿を目で追う。しばらくしてから、小屋のほうをふり返り、言った。

「ピューマやなかったな」

「なんでわかるのっ?」

恐怖に目を見開いたまま、エム・イーが聞く。

「フードつきパーカに、ダブダブのジーンズを腰ばきしとるピューマなんか、そうおらんやろ」

ルークはひざまずくと、しげみにほど近い地面から、おりたたまれた紙のような物を拾い上げた。中身を確認し、仲間たちのほうにかかげて見せる。そこには、マンガ風のイラストが、たくさん描いてあった。

「こんなもんを落として逃げよるピューマは、もっとおらんしな」

ルークがつけくわえる。

イラストを見たとたん、コーディは、あっと思った。

（このイラストの感じ、見おぼえがある！）

部室の外で暗号クラブをスパイしていたのがだれか、これで明らかになった。リュックに入れてあった、謎の判じ絵を描いた人物も。

（あの判じ絵の、二つめのイラストは、ぞうきんなんかじゃなかったんだ。あれは、げんかんにしくマット――おジャマじゃマットの「マット」だったのよ！）

ルークが拾った絵について話しあう時間は、ざんねんながら残されていなかった。コーディの家の門限、四時半がすぐそこにせまっていたからだ。そこでコーディが絵を家に持って帰り、画像をスキャンしてからEメールでみんなに送ることになった。それなら各自が家でゆっくり、絵について考えることができる。

小屋を出たコーディたちは、あらためて、あたりのようすをうかがった。マットの気配はもう、どこにもない。さいわい、ピューマの気配もなかった。コーディたちは家に向かって、全速力で丘をかけ下りた。

ル・ロイ通りでエム・イー、ルークとわかれ、コーディは、クインとシニック通りまでいっしょに帰った。コーディとクインの家は、通りをはさんではす向かいにあるのだ。

げんかんのドアを開けると、ママの声が飛んできた。

「コーディ、おそいじゃないの。心配してたのよ」

「ごめん、ごめん」

コーディは、こぶしを胸のあたりで回転させた。耳の聞こえない妹タナにわかるように、手話でもあやまったのだ。二人に、今日一日のできごとを報告する。でも、おジャマじゃマットが脅迫めいたメッセージをリュックにはさみこんできたことは、ふせておいた。

（ただでさえ心配性のママに、これ以上心配させたくないもの。それに、おジャマじゃマットにちょっかいを出されるのは、今に始まったことじゃないしね）

チキンとサラダの夕食を終えると、コーディはタナに手話で本を読み聞かせ、ねかしつけた。それから歯みがきをして、お気に入りのネコ柄パジャマに着がえ、自分の部屋に行った。宿題を終わらせようとリュックのポケットを開けたとき、マットからの二つめのメッセージが目に入った。

（そうだ、すっかりわすれてた！）

コーディは紙をリュックから出し、急いでスキャンすると、暗号クラブの仲間たちにEメールで送った。つくえに向かい、あらためて絵をながめる。真ん中に描かれているのは、スーパーマンみたいなかっこうをした少年だ。そのまわりには少年少女が二人ずつ、スーパーマンにノックアウトされたみたいに、地面にのびている。イラストの背景には、国際スパイ博物館のロゴが描かれていた。

（それにしても、上手だなあ）

コーディは、思わず感心していた。

マット自身はもちろん、暗号クラブの四人の特徴をみごとにつかんで、描いてある。スパイ博物館のロゴも、本物そっくりだ。ただ、気になるのは、暗号クラブの四人が、「まいった！」というような顔をして、たおれていることだ。

（きっとこの絵で言いたいのは、「スーパースパイ・マットは、スパイ博物館で、暗号クラブの四人を、こてんぱんにしてやる」とか、そんなところでしょ？）

なんだかいやな予感がしてきて、コーディはため息をついた。

＊＊＊＊

それからの一週間は、かたつむりが歩いているみたいに、のろのろとすぎていった。学校では先生たちが毎日、ワシントンD.C.で見学する予定の場所について、説明してくれた。でも、コーディはろくに集中できなかった。頭の中がスパイ博物館のことでいっぱいだったからだ。スパイ博物館には、コーディの見たくてたまらない物が、ぜんぶつまっているように思えた。

ようやく、出発の日がやってきた。空港で飛行機に乗りこんだバークレー小の六年生は、だれもがうき足立っていた。これからついに、アメリカ合衆国の首都、ワシントンD.C.へ向かうのだ。目的地に着いたら何をするか、おみやげは何を買うつもりか、友だち同士でおしゃべりがはずむ。

五時間のフライトのあいだ、コーディはママから借りたタブレットPCで、推理小説を読んですごした。クインは、ピッグペン暗号を使ったメッセージ作りに没頭した。エム・イーは、機内放送の映画を何本かみた。ルークはといえば……ずっとぐうぐうねむっていた。

コーディは何度か、数列後ろにすわっているおジャマじゃマットに、さりげなく目を配った。

（さっそく何か、たくらんでいるんじゃないでしょうね……）

コーディのうたがいをよそに、マットはフライトのあいだじゅう、音楽を聞きながら、絵を描いているようだ。

（わたしたちに送りつける、新たな脅迫状を描いていたりして……まさか、ね）

もし、旅行中にまた何か送りつけてきたら、そのときはぜったい先生に報告しようと、コーディは決めた。マットも、スタッド先生にはかなわないのだから。

そう考えたら少し気が楽になって、コーディは推理小説に目をもどした。

ワシントンD.C.に近づいた飛行機が、着陸準備に入って、高度をぐんと下げた。

そのとき、窓から桜の木らしいピンク色のかたまりが見えて、コーディは思わず、声をあげた。

「わあ、きれい！」

映画をみていたエム・イーも、画面から目をはなして、外を見る。

「ほんとだっ！　ピンクのわたあめみたい。おいしそう」

「もう、エム・イーったら、ほんとに甘い物が好きなんだから」

ちょっとあきれながらも、さくらフェスティバルを空の上からも楽しめて、コーディはなんだか得した気分になった。

飛行機がダレス空港に着陸したしゅんかん、バークレー小の六年生たちは、盛大に拍手した。これから始まる冒険に、だれもが心をおどらせている。

移動でほとんど一日つぶれてしまったので、その日はバスでホテルに直行し、部屋でゆっくり休むことになった。でも、ホテルに着いた六年生たちは、ロビーでパンフレットを読んだり、見学場所について話しあったり、買いたいおみやげのリストを作ったりするのに大いそがしで、ずっと部屋ですごした子は、ほとんどいなかった。

それでも次の朝、集合時間におくれる子は、一人もいなかった。だれもが早朝に飛び起き、集合時間の三十分前には、すでに準備万端だった。それもそのはず、最初の見学は、子どもたちの人気が一番高い、国際スパイ博物館なのだ。

　先生たちが、バスに乗りこむ子たちの人数を数える。スタッド先生はバスの一番前に立ち、つきそいの保護者たちが席に着くのを確認してから、手をたたいてみんなのおしゃべりをしずめた。

「みなさん、おはようございます。いよいよワシントンD.C.見学の始まりですね。バスはまもなく、国際スパイ博物館に向かって出発します。けれどその前に、みなさんにかならず守ってもらいたいルールを確認しておきたいと思います」

　先生は、せきばらいをして、つづけた。

「一つめは、グループ行動するとき、けっして仲間とはなればなれにならないこと。二つめは、オリエンテーリングが始まるまでは、どんな理由があっても、先生の許可なしにスパイ博物館の外に出ないこと。三つめは、つきそい役に関することです。つきそい役のお父さん、お母さんは、みなさんがあぶないめにあったり、迷子になったりしないよう、目を光らせるために来てくださっています。それ以外のことでむやみにたよったり、オリエンテーリングのときにわからないことを聞いたりしないようにしてください。いいですね？」

「はい、スタッド先生！」

バークレー小の子どもたちが、声をそろえて言った。元気のいい返事を聞いて、先生がほほ笑む。

「たいへんけっこう。それではスパイ博物館へ、出発！」

大きな歓声があがった。

バスが動きだすと、スタッド先生とパイク先生が、最初の課題を配りはじめた。見学先がスパイ博物館であるだけに、課題はとうぜん、暗号で書いてある。

「ピッグペン暗号については、先週すでに勉強しましたね？」

スタッド先生が言った。

「課題は、ピッグペン暗号で書かれたメッセージを解読して、その指示にしたがうことです。それではさっそく、始めてください！」

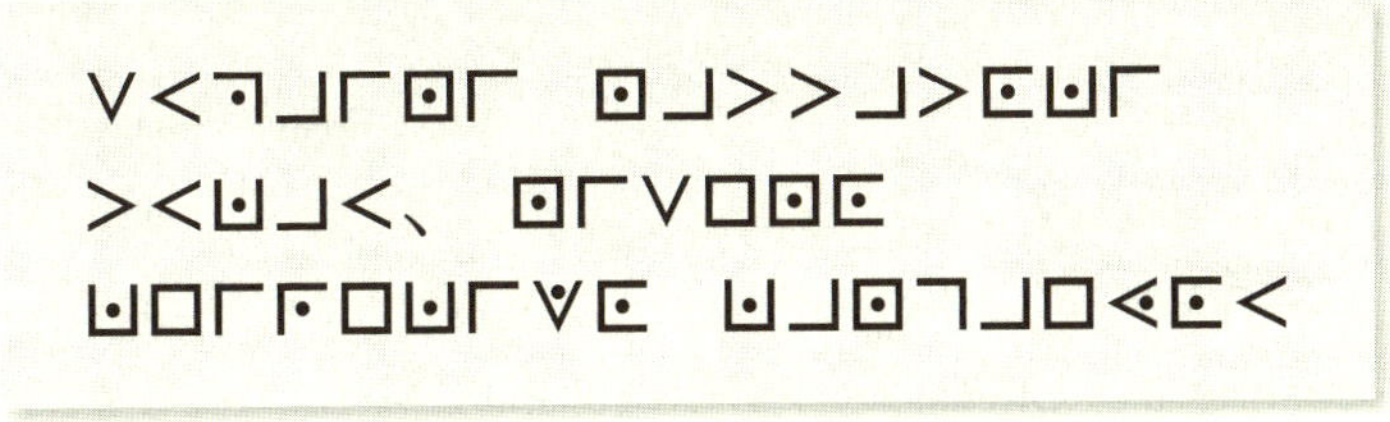

子どもたちはいっせいに、暗号解読に取り組みはじめた。
(答えは解答編243～244ページ)

スパイ博物館に着くまでのあいだ、暗号クラブの四人はみんなで相談しながら、それぞれニセの経歴を考えた。

コード・レッドことコーディは、英語を勉強するという名目でアメリカにやってきたロシア人スパイ。ロック&キーことクインは、世界を放浪する旅行者に見せかけながら、じつは特別任務を負っている国防総省のスパイ。MEことエム・イーは、表の世界で国連のスペイン語通訳として働きながら、裏ではメキシコ政府のために働くスパイ。クール・ガイことルークは、南北戦争時代に敵方をスパイしていた、元北軍兵士という設定だ。

四人がドラマチックなスパイの人生について、あれこれ想像をめぐらせていると、いつのまにかバスが停車し、前のドアが開いた。いよいよ博物館に到着したのだ。

博物館の入り口前で整列するあいだ、コーディはふと気になって、おジャマじゃマットの姿をさがした。列の一番後ろまで見ても、マットの姿は見えなかった。

(もしかしたら、つきそいの保護者といっしょにトイレに行ってるのかな？　それとも、バスの中でねむりこけてたりして……。わたしたちにちょっかいを出してこないなら、別にいいんだけど)

コーディは、前に向き直った。エム・イー、ルーク、クインの三人は、博物館正面の大きな窓から、中のようすを見ようと背のびしている。マットを見かけたかどうか、クインにたずねようとしたとき、コーディの目のはしで、何かが動いた。反射的に視線を向けると、博物館の建物から張り出した柱の横に、男の人が立っているのが見えた。だがその人物は、コーディが目を向けたとたん、すぐさま柱のかげに引っこんでしまった。ほんの二、三秒のことでたしかではないけれど、カーキ色のトレンチコートを着て、黒い野球帽をかぶり、黒いくつをはいた人物だった。

(今の人、わたしの視線に気づいて、あわててかくれたように見えたんだけど……。

ひょっとして、わたしたちを見張っていたとか!?）

コーディは柱のかげにいる人物を確認しようと、列をはなれて歩きだした。

「ダコタ・ジョーンズ！」

するどい声が後ろから飛んできて、コーディはふり向いた。スタッド先生だ。

「ちゃんと列にならびなさい」

「でも、先生――」

コーディが言いかけると、スタッド先生は目を細くしてコーディをじいっと見た。バークレー小の六年A組で、この目つきの意味を知らない子は、いない。「問答無用。先生の指示を聞きなさい」という意味だ。

コーディは、すごすごと列にもどった。後ろをふり返り、柱のほうに視線を投げかける。さっきの人物が、もう一度見えるかもしれないと思ったのだ。でも、コーディのいる場所からは、そこにだれかがひそんでいるかどうか、確認することはできなかった。

そこでコーディは、勇気を出してもう一度列をぬけ出すことにした。スタッド先生がパイク先生と話を始めたタイミングを見はからい、柱のおくの、壁が数十センチほどくぼんだ場所にかけよる。先生にそむくのは、すごく後ろめたい気分だったけれど、コーディは自分に言い聞かせた。

（もし本当に、あやしい人物がわたしたちを見ていたのだとしたら、スタッド先生にちゃんと報告しなきゃ）

柱のかげをのぞきこむ。が、だれもいなかった。カーキ色のコートと黒い帽子の人物をさがし、あたりをきょろきょろと見回す。やっぱり、どこにも見当たらない。

（かんちがいだったのかなあ）

コーディは、がっくりと肩を落とした。ママとパパからはよく、「想像力がたくましすぎる」と言われるコーディだ。しかも今は、スパイのことで頭がいっぱいときている。本当はあやしい人物なんてどこにもいないのに、じっさい見たかのように錯覚してしまったのかもしれない。

（そういえば……）

コーディはマットのことを思い出して、もう一度列にならぶ子どもたちに視線を走らせた。今度は、ちゃんとならんでいるのが見えた。

（ということは……さっき本当にだれかがいたとしても、少なくともマットではないってことね）

列にもどろうとしたとき、コーディは柱のそばに、何かが落ちているのに気づいた。ひざまずいて、拾い上げる。ボールペンだ。

（さっきまであやしい人物が立っていたところに、ボールペンが落ちている。ということは、このボールペンもあやしいってことだ）

コーディは、手にしたペンをまじまじと見つめた。見たところ、なんのへんてつもないノック式ボールペンだ。ポケットの中にペンをすべらせると、先生に見とがめられないうちに、急いでもとの場所にもどった。

「コーディっ、どこ行ってたの？」

エム・イーが、けげんな顔をして聞く。

「向こうに、これが落ちてたの」

コーディはポケットからペンを取り出し、エム・イーに見せた。

「ボールペン？」

「うん」

コーディはボールペンのボタンをおしてみたが、動かなかった。どうやらこわれているらしい。

「だれかの落とし物みたいだねっ。そのままおいときなよ。バイキンがついてるかもよ？」

エム・イーが顔をしかめて言った。エム・イーは、バイキン恐怖症なのだ。ちなみにゾンビやゆうれい、エイリアン、ピューマ、暗闇、そのほか、いろんなものの恐怖症でもある。

コーディはボールペンのボタンを、もう一度おしてみた。やっぱり動かない。

（バネがおかしくなってるのかな）

首をかしげ、ペンを分解してみた。中の部品がなくなっている。

（なあんだ。やっぱりゴミか）

分解した部品をもとにもどそうとしたとき、白い紙のような物がチラリと見えた。

ボールペンの内側に、小さな紙きれがおりたたんで入れてある。

コーディは紙きれを取り出し、広げてみた。サインペンで記号が書かれている。

（答えは解答編２４４ページ）

（ピッグペン暗号だ！）

急いで暗号表を取り出し、紙の上にならんだ記号の解読に取りかかる。

意味がわかったとき、コーディの首の後ろのうぶ毛が、ゾーッとさか立った。

第4章

「みんな、聞いて！」

コーディはとなりにいるエム・イーと、すぐ後ろにならんでいるクイン、ルークに声をかけた。

「ちょっと気になる物を見つけたんだけど……」

ボールペンの中に入っていた紙きれを見せようとしたとき、よく通る女性の声が聞こえてきて、コーディは口をつぐんだ。

「みなさん、国際スパイ博物館へようこそ！」

スパイ博物館のロゴ入りTシャツに黒いズボンをはいた女性が、手まねきしている。

「それでは列をつくったまま、博物館に入館してください」

いよいよ博物館見学が始まるのだ。暗号クラブのメンバーへの報告はあと回しにすることにして、コーディはボールペンと紙きれを、ポケットの中にしまった。

一行が博物館ロビーに移動すると、さっきの女の人が、自己紹介を始めた。

「わたしは、本日みなさんのガイド役をつとめます、アリソン・ビショップです。よろしくお願いします！」

コーディは拍手をしながら、博物館ロビーをざっと見わたした。右手にミュージアム・ショップ「スパイ・ストア」が見える。ショーウィンドーには、暗号クラブの活動に役立ちそうな商品が、たくさんかざられている。

（見学が終わったら、ミュージアム・ショップで解読盤つきの指輪をさがすのを、わすれないようにしなくちゃ。品切れになってないといいけど）

コーディが買い物リストに思いをめぐらせていると、ふたたびビショップさんの声が聞こえた。

「当館は、古今東西にわたってじっさいに使用されたスパイ道具を集めた、世界最大規模の博物館です――」

説明を始めたビショップさんの後ろに、いくつかのショーケースが見える。その中にカーキ色のコートが展示されているのに、コーディは目をとめた。展示ケース近くの天井から、「アメリカとソビエトの冷戦時代」と書かれたボードがぶら下がっているのが見えるから、きっと、どちらかの国のスパイが着ていた物なのだろう。

(そういえば、さっき建物のくぼみにかくれていた人も、似たようなコートを着ていたな……)

「――当館には、第一次世界大戦中に暗躍したドイツの女スパイ、マタ・ハリや、CIAにつとめながら、ソ連のKGBに情報を流していた二重スパイ、アルドリッチ・エイムスといった、歴史上の有名スパイを紹介するコーナーがあります。ソ連時代の『赤色テロ』や、『マンハッタン計画』と呼ばれる原子爆弾の製造プロジェクトなど、歴史に名をのこす秘密作戦についても、くわしく知ることができます。みなさんが大好きなスパイ道具の展示コーナーも、もちろん充実していますよ。ここでは、えりもとにつける超小型かくしマイクから、ナチスドイツが使っていた、『エニグマ』と呼ばれる電気機械式暗号機にいたるまで、ありとあらゆる物がごらんいただけます」

「エニグマなら、オレたちも持ってるよな」

クインが小声で言った。以前クインは、ミリタリーショップでこわれた暗号機を見つけ、クラブのコレクションにするために買ってきたのだ。

「持ってるわけねえだろ！」

急にとんできた大声にギョッとして、コーディは後ろをふり向いた。いつのまにか、マットが暗号クラブのすぐ後ろに立っている。丸い赤ら顔に、人を小バカにしたようなうす笑いをうかべたマットは、ゾンビのイラストがでかでかと入ったTシャツを着て、胸の前で腕組みをしている。

「エニグマっつーのは、極秘情報を送る暗号機のことだろ？　軍のおエライさんしか持ってなかったもんを、おまえらみたいなド素人が持てるわけねえじゃん」

コツコツと足音を立て、スタッド先生が歩いてきた。先生が、マットの肩に手をおく。「おしゃべりをやめなさい」という意味だ。コーディは前に向き直り、ガイドのビショップさんに視線をもどした。でも、マットのするどい視線が、背中にちくちくとつきささるのを感じて、落ち着かなかった。

ビショップさんが、説明をつづける。

「当館では、スパイ用語の基礎知識についても勉強してもらいます。たとえばみなさんは、デッドドロップという言葉を知っていますか？　デッドドロップとは、スパイが仲間と情報交換しあうための、秘密の連絡場所のことです。こうした業界用語はまだまだありますから、ぜひ展示コーナーでつづきを学んでください。そのほか、ビデオ教材やコンピュータを使って、スパイ体験ができるコーナーもあります」

　ここでビショップさんは、みんなの顔を見回してから、意味ありげに片方のまゆをつり上げてみせた。

「そうそう、わすれないうちに、みなさんに警告しておくことにしましょう。館内には、みなさんをスパイするための道具が、ところどころにしこんであります。また、変装した敵のスパイが、どこにひそんでいるかもわかりません。くれぐれも気をつけてくださいね」

　その言葉を聞いて、コーディは、あっと思った。

（さっきのあやしい人物は、たぶん博物館のスタッフだったんだ。スタッフがスパイに変装して、バークレー小の六年生を監視しているふりをしていた——きっとそうに決まってる。なあんだ、心配してそんしちゃった。それにしても、入館前から雰囲気作りをしてくれるなんて、さすが人気のある博物館だけあるなあ）

　コーディはほっと胸をなで下ろし、説明のつづきに耳をかたむけた。

「スパイ映画のファンは、撮影で使われた小道具のコーナーもわすれずに見学してくださいね。『ミッション・インポッシブル』や『スパイ・キッズ』、『００７』シリーズで使われた小道具などが展示されていますよ——」

「……おれの名前はボンド。ジェームズ・ボンド」

　ルークが仲間だけに聞こえるように、小声でボンドのものマネをした。イギリス紳士っぽく、きどった口調で言う。

「暗号名は、ダブル・オー・セブンっちゃ」

「こら、ニューオーリンズ弁のボンドになってるよっ」

　すかさず、エム・イーがつっこむ。

　コーディとクインは、くすくす笑った。

　子どもたちのざわめきが落ち着くのを待って、ガイドのビショップさんが口を開く。

「博物館にいるあいだは、みなさんには、架空の人物になりきってもらいます。まずは、どんな時代のどんな人物なのか考えたら、その情報をしっかり頭にたたきこんでください。博物館内では、みなさんの名前や年齢、国籍など、いつどこで聞かれるかわかりません。そのときにはどうどうと、にせの人物になりきって答えてくださいスパイはつねに、いつわりの人生を生きるものなのです。よろしいですね？」

ビショップさんがウィンクすると、口々に歓声があがった。

「おもしろそう！」「サイコー！」

コーディのとなりで、エム・イーがささやく。

「ニセの経歴なら、あたしたちもう、バスの中でぜんぶ考えちゃったよねっ」

コーディは、うなずいた。

「でもどうしよ。あたし、ウソつくの下手なんだよねっ。顔が真っ赤になって、すぐバレちゃうの。コーディも知ってるでしょ？」

エム・イーがまゆを八の字にしてこまった顔になったので、コーディは思わず、笑ってしまった。たしかにエム・イーは、ウソがつけない性格だ。思ったことはなんでもすぐ、口に出してしまう。

（それなのにちっともにくめないところが、エム・イーの魅力なんだけどね！）

ビショップさんの説明は、まだつづく。

「――別人になりすましたみなさんは、まず体験コーナーで、バーチャル・スパイに会っていただきます。さらに、スパイ能力をためすために、昔の戦争で使われた暗号の解読にも、挑戦してもらいます。今のうちに、ちょっとだけ練習しておきましょうか――では、これが何か、知っている人？」

ビショップさんが、壁にかかった大きなポスターを指さしてみせた。

ほぼ全員が手をあげた。バークレー小の六年生には、なじみのある表だ。スタッド先生とパイク先生は、半年以上にわたり、クラスでいろんな暗号を教えてくれた。モールス信号も、その中の一つだった。

「すばらしい！　みなさん、とても優秀なスパイ候補生たちですね」

ビショップさんは感心したように言うと、今度は、モールス信号が書かれた大きな紙を頭上にかかげてみせた。

「では、このメッセージが解けるかどうか、やってみてください。わからないときは、壁の信号表を見ながら解いてくださいね」

－－－・－／－・・・／・・－－・／・－／

－・・・／・・・－／－－・・／・・／・－－・／・－－・／・－・・／・－・－・／・

－－／・・－／－－－－／－－－・

（答えは解答編２４４ページ）

子どもたちはいっせいに、モールス信号の解読に取りかかった。クインが最初に解き終え、手をあげた。ビショップさんが答えを聞く。

「正解です！　モールス信号は、十九世紀の発明家、サミュエル・F・B・モールスによって編み出されました。物理学者との共同研究で、電信システムを発明したのです。モールス信号のおかげで、船、飛行機、汽車など、それまで外部との連絡が取りにくかった乗り物も、さまざまな場所からメッセージを送ったり、受け取ったりすることができるようになりました。信号は戦争にも使用され、暗号化されたモールス信号が、戦地を飛び交ったといいます」

そこまで話して、ビショップさんはひと息おいた。それから、パンと手をたたいた。

「さあ、見学ツアーへ行きましょうか！」

大きな歓声があがる。ビショップさんは、にっこりした。

「見学ツアーが終わったら、ミュージアム・ショップで、スパイグッズをさがしてみてくださいね。そのあとは、ロビーで待っている担任の先生のもとに集合し、いよいよ「スパイ養成ゲーム」の開始です。みなさんには四人ずつのグループに分かれてもらい、博物館の外でスパイ体験をしていただきます。みなさんの任務は、ワシントンD.C.の中心地であり、観光名所が集中している「モール地区」を探検することです。各グループに配られるGPS受信機と手がかりをもとに、通過ポイントをわりだし、オリエンテーリング式にゴールまでたどり着いたところで、ゲームは終了となります。迷子が出ないよう、グループに一人ずつ、つきそい役の大人がついてくださいます。

よろしいですね？」

ビショップさんが説明を終えるころには、みんなもう、早く見学を始めたくてうずうずしていた。博物館内は二人一組で行動することになっているため、となりにいるもの同士で、すばやくコンビを組む。コーディはエム・イーと、クインはルークと、その後ろのおジャマじゃマットは、セイディーという女の子と組んだ。

まわりのコンビを見回していたコーディは、編入生のリカが一人ぼっちでいることに、気づいた。

（そっか、クラスの人数は奇数だもんね）

コーディはさっそく、スタッド先生のところへ行った。

「先生！　リカとエム・イーとわたしの、三人で組んでもいいですか？」

スタッド先生は、すばやくあたりに目を配った。ほかに一人ぼっちの子がいないかどうか、確認したのだ。でも、みんな、すでに相手を見つけているようだった。

「一人になる子が出たら、わたしがコンビを組むつもりだったのだけれど……考えてみたら、リカもあなたたちといっしょのほうが楽しいわね。よく気がついてくれたわ。

ありがとう、コーディ」

リカは、列の一番後ろに立っていた。となりには、つきそい役としていっしょに旅行に来ている、リカのお母さんがいる。

「ねえリカ、わたしたちと組まない？」

コーディが声をかけると、リカの顔がぱっと明るくなった。

「……うん、ありがとう！」

リカが「行ってもいい？」と聞くように、お母さんの顔を見る。リカのお母さんがうなずくと、リカはコーディたちに合流するため、列を移動した。

「おい、わりこみすんな！」

おジャマじゃマットが大声でどなった。リカをにらみつけ、親指でぐい、と後ろを指している。なぜかその指先は、黒くよごれている。

（うわ、きったなーい！）

「わりこみじゃないわよ。リカはわたしたちと組むことになったから、こっちに合流しただけ」

コーディが説明しても、マットはさらにつっかかってくる。

「それが、わりこみだっつーんだよ！」

リカは、泣きそうな顔になっている。

「マットのことは、無視してればいいから、ね？」

リカはこくりとうなずいたけれど、表情はこわばったままだった。

展示ホールに入ると、各自にファイルが手わたされた。ファイルの中には、にせの身元情報や、経歴を書きこむための用紙が入っている。本物そっくりのIDカードも配られた。右上の四角い空らんに写真をはり、名前や住所などの情報を書きこめるようになっている。

（このIDカード、ママが持ってる運転免許証に

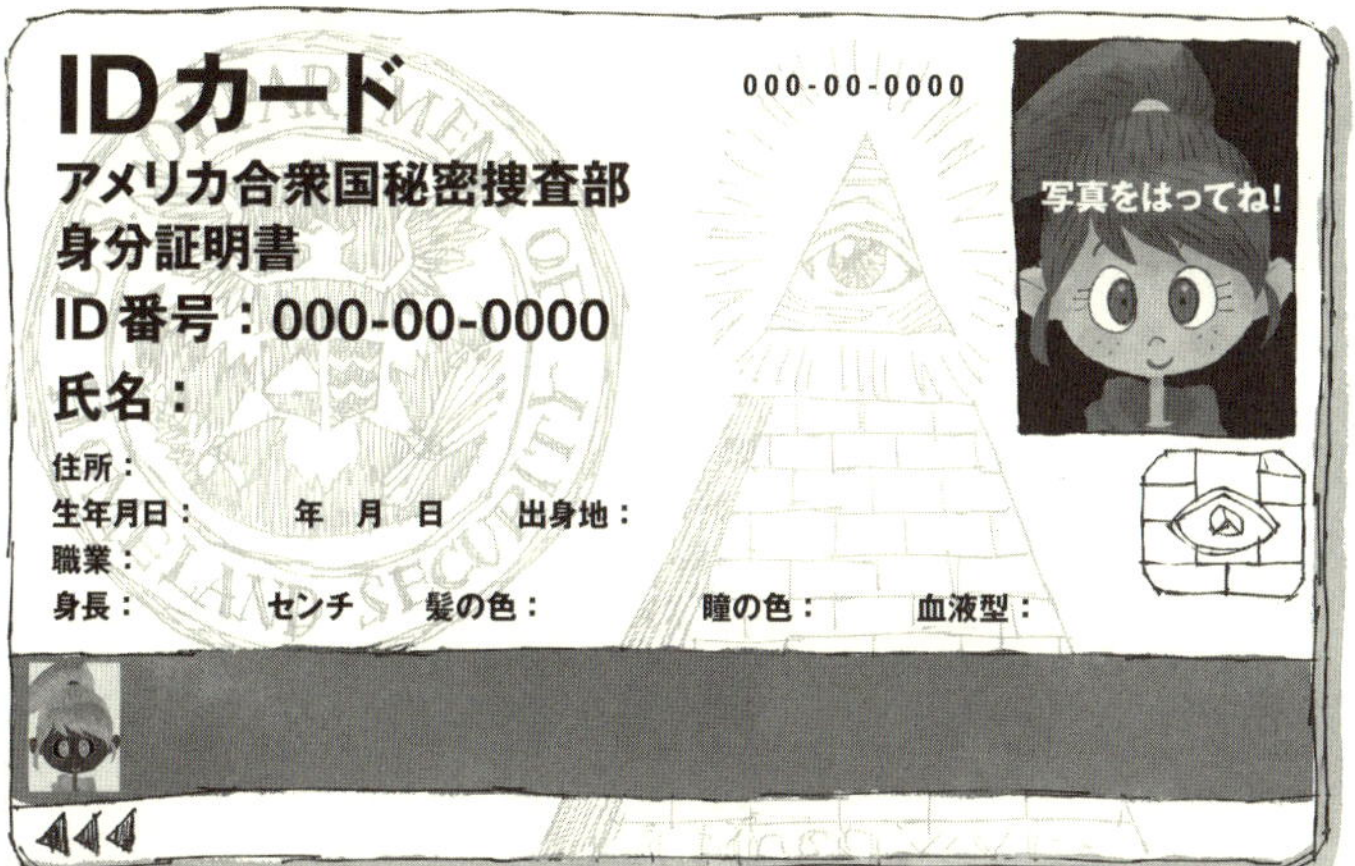

よく似てるな。でも、発行元がカリフォルニア州じゃなくて、アメリカ合衆国秘密捜査部ってなってるところが、かっこいい！）

展示室は、トンネル状に天井が丸くなっていて、くねくねと曲がり、博物館の奥までつづいていた。暗号クラブとリカの五人は、いっしょに見学して回った。

クインは、スパイグッズの展示の中で、ある道具がすっかり気に入ったようだ。一見何のへんてつもない書類カバンだけれど、じつは、内側にカメラがしこんであるという物だ。かくしカメラは、ほかにも万年筆形や、腕時計形など、びっくりするくらいいろいろな形があった。スパイ道具と知らなければ、どう見ても、ふつうの万年筆や腕時計にしか見えない。

映画『００７』シリーズが好きなルークは、撮影現場で使われた小道具や、主人公のボンド役が乗ったという自動車の展示に目をうばわれていた。本物のアストン・マーティンを見ること自体がはじめてなんだそうで、すっかりまい上がっている。

「みんな、知っとう？　ボンドカーはな、ナンバープレートが回転して、車両登録番号を変えられるようになっとるんちゃ。タイヤには、敵の車が近づいたときに飛び

SPY
ZOMBIE

出して、相手のタイヤをパンクさせるスパイクもついとる。窓ガラスは防弾で、フォッグランプには、マシンガンまでしこんであるんや！」

ファッションアイテムに目がないエム・イーは、「毒針つき暗殺傘」と「口紅形録音機」に興味を示した。

「見てこの傘っ。傘の先から毒針が発射されるんだって。コワすぎだよねっ！　でも、よく見ると、傘の柄のデザインが、丸っこくておしゃれなんだよね……。あと、この口紅形の録音機っていうの、かわいくない？」

リカは、スパイが使う変装道具——とりわけ、つけヒゲのショーケースをじっくり見て回った。ルークやエム・イーとちがい、だまって静かに見ているだけだけれど、どうやら、つけヒゲにとっても興味があるみたいだ。いろんな種類の口ヒゲに見入っているリカの横顔を見て、コーディは思った。

（それにしても、つけヒゲなんて、しぶい物に目をつけるなあ。リカっておもしろい！）

コーディはといえば、かくしケースの展示に心ひかれた。ブック形かくしケースなら、暗号クラブの備品にも一つあるけれど、スパイ博物館には、中が空洞になったコインや、台座の後ろにかくしポケットのある指輪、にせのソーダ缶など、ユニークな形の物がたくさん展示されている。使いみちを想像しながら見ていると、楽しくて、時間がいくらあっても足りなかった。

ひととおり見学を終え、ミュージアム・ショップに足をふみ入れると、コーディたちは気になるスパイグッズをさがし、店内を見て回った。

数分後、エム・イー、クイン、ルークの姿を確認したコーディは、リカがいないことに気づいた。店内を歩き回ってさがしてみたが、どこにも姿が見えない。

（どうしよう、リカがいなくなっちゃった！）

第5章 ！

コーディの心臓は、どくどく音をたてていた。

（コンビを組んだ相手とはぜったいはなれちゃだめって、先生から言われてるのに。こんなに早く迷子を出しちゃうなんて！）

「だれか、リカがどこにいるか知らない？」

コーディは、あせって売り場をきょろきょろ見回しながら、暗号クラブの三人に聞いた。

「いなくなっちゃったみたいなの！」

「ついさっきまで、ここにおったけ……」

ルークが、店の横手にあるろうかにひょいと頭をつき出し、左右を確認する。

「あたしは、あっちのほうで見た気がするっ」

エム・イーが、店の出口を指さした。

「みんなで手分けしてさがそう」

クインが言ったとき、コーディの後ろで、だれかが肩をトントン、とたたいた。

「あっ」

コーディは息をのんだ。

「なあんだ、リカじゃない。びっくりした！　すぐ後ろにいたのに、ぜんぜん気づかなかった」

それもそのはず、リカは、売り物のニット帽を頭からすっぽりかぶり、着ていた服の上から、これもまた売り物の、黒いTシャツを重ね着していた。正面に「先生！　宿題は忍者にぬすまれちゃいました」と書いてあるTシャツだ。変装はそれだけじゃない。顔にはサングラスをかけ、ほっぺたには、つけぼくろ。さらに顔の下半分を、『スパイ全書』という本でかくしている。

「完ぺきな変装やな」

ルークが感心したように言った。

「おれもやってみるっちゃ。こんなんどうや？」

ルークが、近くのワゴンで山づみになっている、ふさふさした黒い口ヒゲを一つ手に取り、くちびるの上に乗せた。今度は帽子コーナーに行き、頭の上に釣り帽子をかぶって見せる。

「その帽子、おっさんっぽくてルークに似合ってるっ！　でも、口ヒゲはさすがにムリがあるでしょ」

エム・イーが、ルークを指さして笑いこけた。ルークは鏡で自分の顔を見ながら、不満そうにこぼす。

「おっさんぽくて似合うって、どういうこっちゃ？　しぶくて、おれにぴったりやと思うたんやけなあ」

リカ、ルークにつづけとばかり、コーディ、エム・イー、クインの三人は売り場を回り、変装アイテムをさがしはじめた。コーディはロシア風の毛皮の帽子を見つけ、かぶってみた。

「この帽子、どう？　ロシアより愛をこめて――なんちゃって」

Swiped

コーディはロシア人をまねて、巻き舌で言った。

エム・イーは、「シークレット」「マル秘」「他言無用」、といった言葉がすきまなくプリントされたスカーフを手に取り、女スパイふうに頭と首に巻きつけた。クインは、ニット帽に毛糸のほおヒゲがくっついている、やけに温かそうな防寒具を見つけた。それぞれサングラスをかけたら、変装は完成だ。

暗号クラブとリカの五人は、そろってレジに行った。コーディはもちろん、暗号解読盤つき指輪とスパイ・ペンを買った。

おみやげと変装グッズを買い終えたとき、スタッド先生が集合をかける声が聞こえた。

「みなさん、これからオリエンテーリングを始めますよ。買い物をすませたら、ロビーに集合してください」

バークレー小の六年生たちは、いそいそとロビーに集まった。全員そろったのを確認してから、スタッド先生とパイク先生が、子どもたちを四人ずつのグループに分けていく。各グループに一人ずつ、つきそいの保護者がふり分けられた。暗号クラブはリカを入れた五人グループで、つきそい役はリカのお母さんだ。

先生たちは、各グループのつきそい役に、小型ゲーム機みたいな形をしたGPS受信機と、マル秘スタンプがおされた封筒六通を配って回った。リカのお母さんが、封筒のたばをショルダーバッグの中に入れてから、GPS受信機を、コーディに手わたす。

暗号クラブはこれまでに何度も、「ジオキャッシング」という宝さがしゲームに参加したことがある。携帯電話のGPS機能を使って、かくされた宝を見つけるというゲームだ。だから四人とも、GPSの使い方ならよく知っている。

配布物を配り終えると、スタッド先生が説明を始めた。

「六つの封筒には、通過ポイントとゴール地点に関する情報が入っています。通過ポイントの位置を経度と緯度で示す、「座標」と呼ばれる数字と、暗号で書かれたヒントです。みなさんはまず、1の封筒に入っている座標の値を解読してGPSに入力し、ゲームを開始してください。座標がわからなくても、暗号ヒントを解けばポイントがわかります。ぶじに第一通過ポイントにたどり着いたら、ポイント周辺をさがして、黄色い張り紙を見つけること。そこに、次の通過ポイントを示す手がかりが、暗号でとになります。

書いてあります。みなさんはその暗号を解いて、第二のポイントに向かってもらうことになります。

つきそいのお父さん、お母さんにおねがいです。もしもだれかが迷子になったり、何か問題が起きたりしたときは、すみやかに各担任に連絡してください。

ゲームの制限時間は、二時間です。すべてのポイントをクリアし、最初にここにもどってきたチームには、本物のＦＢＩ捜査官と会って話を聞く機会があたえられます。秘密任務について、いろいろ聞き出すことができるかもしれませんよ。じつはその捜査官というのは、わたしのいとこなんですけれどね」

スタッド先生が、ウィンクした。

（いとこがＦＢＩ捜査官なんて、かっこいい！　どうりで先生、暗号が好きなはずね）

と、コーディは思った。

「それでは、ゲーム開始！　みなさん、がんばってくださいね。最初の座標と手がかりは、１番の封筒の中に入っていますからね」

スタッド先生のかけ声とともに、つきそいの大人から、「１」と番号がふられた封

参八° 五参’ 弐弐.零八参七七” N

七七° 弐’ 六.八六参七八” W

筒がわたされる。コーディたちのグループはクインが封を開け、中に入った紙を仲間たちに向けて見せた。

(答えは解答編245ページ)

(このあいだ習った、日本の大字だ。覚えておくと、旅行のときに役立つかもしれないって先生が言ってたのは、このことだったのね！)

五人で暗号ノートを見ながら、大字を数字に書きかえていく。リカがいるおかげで、あっという間に解読できた。

「よし、これで最初の通過ポイントがわりだせるぞ」

クインが、数字をながめながら言う。

エム・イーが、紙の裏に書いてある文章を指さした。

「ところでさっ、ここに書いてあるのはなんだと思う？　これが通過ポイントを示す暗号ヒントってやつなのかな？」

「どれどれ」

ルークが紙をのぞきこみ、文章を読み上げた。

「第一ポイントの土台部分には、地図、年鑑、ワシントンD.C.の案内書、一七九〇年から一八四八年にかけての人口調査レポート、詩集、憲法、独立宣言、聖書など、十二の書物がうめられている……」

五人はまゆをひそめ、顔を見あわせた。

「何これ。どういう意味っ？」

エム・イーがつぶやいた。クインが考えながら、答える。

「確認のために、こっちも解かなきゃだよな。第一通過ポイントは、十二の書物がうまってる場所の上に建ってるってことだろうな。どこだろう……」

「土の中に何かうめるっちゅうたら……墓地やないん？」

「でも、ふつう、墓地にうめるのは人間でしょう？　詩集はともかく、憲法とか人口調査のレポートとかは、うめないと思うのよね……」

「そうやなあ」

コーディの言葉にうなずくと、ルークは紙の上に視線をもどした。

ワシントンD.C.の中心に位置する観光名所。シンプルな形が特徴で、管理はスミソニアン協会に任されている。先端部分にくらべてボトム部分が大きく、壁の厚みは四五.七二センチメートル。ある偉大な人物への、感謝のきもちをこめて建てられた。

ねんかんの訪問者数は、じつに五十まんにんを超えるという。入場料に関しては、無料となっている。また、建物の前方には入り江が、うしろには庭園がある。


「まだ、つづきがあるぞ」

声に出して、文章を読み上げる。

リカが、おそるおそるといった感じで、口を開いた。

「……あの、ちょっと、その紙、見せてもらっていい？」

ルークが紙を手わたしながら、言う。

「おれにはさっぱりやけど……わかるか？」

しばらく紙面を見つめたあと、リカの顔に、笑みが広がった。

「わたし……こういう言葉遊びが好きで、自分でもよく作るの。この文、『五十まんにん』とか、『ねんかん』とか、書き方がちょっとへんでしょ……？」

　リカが、紙をかかげてみせる。

「たしかに。なんでこんな不自然な書き方、してあるのかなあ」

　考えこむコーディのとなりで、クインがリカに問いかける。

「先生たちが、わざとこういう書き方をしたってことか？」

「そう。これを見て……」

　リカは、各行の最初の文字の直後で、紙を後ろ側におり曲げてみせた。

　コーディ、クイン、そしてルークの目がかがやく。

「なるほど、そういうことか！」

　エム・イーだけは、くちびるをとがらせて、言った。

「待ってっ！　あたし、まだわかんないっ」

　リカが、各行の最初の文字を、上から下に指でなぞっていった。かくれていたメッセージが出てくる。エム・イーがようやく、笑顔を見せた。


（答えは解答編２４５ページ）

「そうとわかったら、はやく出発しようっ。ほかのグループに先を越されないうちに！」

コーディはリュックサックを背中にしょいながら、まわりのグループを見わたした。今のところは、どのグループも暗号を見つめ、ああでもない、こうでもないと、仲間同士で話しあっているようだ。

（よし。この調子だと、第一通過ポイントは、わたしたちが一番乗りね）

そのときふいに、コーディはみょうな胸さわぎをおぼえた。だれかがこちらを見ているような、そんな気がしたのだ。ふたたび周囲を見回したとき、コーディは博物館の外に、さっきと同じトレンチコートを着た人物を見たように思った。窓ごしではっきり見えないけれど、カーキ色の服を着ていることはたしかだ。

（カーキ色のコートに口ヒゲ……。あれ、さっきの人、ヒゲなんてあったっけ？）

服装を確認しようとしたとき、それらしき人物は、通りの向こうの店に入って、姿を消してしまった。

（ただの見まちがいかな。博物館の展示室で、スパイだの見張りだの、そんな言葉ば

かり聞いてたから、頭が妄想モードになっちゃってるのかも）

コーディは、肩をすくめた。

それでも、じゅうぶんに気をつけなければと、自分に言い聞かせる。もし、もう一度あの人物を見かけたら、すぐ仲間に報告することにした。あとをつけられる理由はわからないけれど、危険な人物だったらたいへんだ。

じっさい、暗号クラブはこれまでに、悪い人にあとをつけられ、危険なめにあったことが何度かある。そのときのことを思い出し、コーディはぶるぶるっと身をふるわせた。

第６章

コーディは、トレンチコートを着た人物がいないかきょろきょろしながら、博物館の外に出て、先を行く仲間たちに追いついた。リカのお母さんは、子どもたちのじゃまにならないよう、グループの少し後ろを、影のようにつきそって歩いている。

「あの……ＧＰＳ受信機って、どうやって使うの……？」

クインの持っている受信機を指さして、リカが聞いた。

「かんたんだよ。ジオキャッシング・ゲームをやるときと同じように使えばいいんだ」

クインが言うと、リカはふしぎそうな顔をした。

「ジオ……？」

ジオキャッシング好きのクインが、待ってましたとばかり、説明を始める。

「ジオキャッシングっていうのはさ、ＧＰＳ機能つきのケータイを使って、目的地を目指すゲームのことなんだ。ケータイに、与えられた座標を打ちこんで、指定された地点にたどり着いたら、『かくしキャッシュ』と呼ばれる宝箱をさがしだす。宝箱の中には、サイコロやステッカーなんかのちょっとした賞品が入ってるから、どれでも一つ、好きなのをもらってかまわない。その代わり、次のプレイヤーのために、賞品を一つ補充しておくのがルールなんだ。宝箱をもとの場所にもどしておくことも、もちろんわすれずにね」

「おもしろそうなゲームね……」

そう言ったリカに、クインはGPS受信機を近づけて見せた。

「ここに、緯度と経度を示す二つの数字があるだろ？　これが、座標って呼ばれるものなんだ。で、この座標を入力すると、目的地が受信機に示される。あとは、地図を見ながら、そこにたどり着けばいいだけ」

「今回は、暗号の答えがそのまんま通過ポイントの名前だったから、GPSに座標を入力するまでもなく、行き先がわかっちゃったけどね」

コーディがつけくわえた。

暗号クラブとリカの五人は、博物館から一番近い地下鉄駅に向かった。少しあとから、リカのお母さんがついてくる。はなればなれになってしまわないよう、コーディはときどきリカのお母さんをふり返った。

リカのお母さんは、リカとよく似ている。小柄でやせ型、黒い目に黒い髪、ボブヘアの髪形まで、同じ。ちがっているのは、お母さんのほうはメガネをかけているけど、リカはかけていないことくらいだ。

リカのお母さんは、子どもたちが暗号を解いて通過ポイントをわりだすまで、いっさい口を出さず、グループの会話にも、入ってこようとしなかった。つきそいの保護者は、「スパイ養成ゲーム」の内容に関して、子どもたちにアドバイスしたり、いっしょに考えたりしてはいけないことになっているからだ。それでも、つきそい役の大人が張りきりすぎて、ゲームに参加してしまうグループも、あるようだった。じっさい、博物館のロビーで話しあっていたあいだにも、ゲームの指示を出す大人たちの声が、あちこちで聞こえた。

(リカのお母さんがつきそい役で、ラッキーだったな)

コーディは、しみじみ思った。大人が口を出してきたら、ゲームのおもしろさは半減してしまう。

それに、暗号クラブに、大人の助けは必要ない。リカのお母さんは、それをちゃんとわかってくれているんだろう。

地下鉄に乗って数分後、スミソニアン駅に着いたところで、コーディたちは電車をおりた。地上に出て向かう先は、目の前に高くそびえる白亜のオベリスク、ワシントン記念塔だ。塔は、広大な芝生の真ん中に建っていた。旗をつけたポールが、ぐるりと塔を取り囲んでいる。

記念塔に到着すると、コーディたちはハイタッチしあってよろこんだ。

クインが、満足げに言う。

「どうやら、オレたちが一番乗りみたいだな」

エム・イーは、思いきり首を反らして塔を見上げた。

「でっかい矢が、空に向かってのびてるみたいいっ」

暗号クラブとリカは、五人ならんで、高さ一七〇メートルの塔を見つめた。大理石

と花こう岩でできた塔を囲む五十の旗は、アメリカ各州の州旗だ。クマの絵が描かれた、カリフォルニアの州旗も見える。

展望台入り口までかけていったエム・イーが、ざんねんそうな声をあげた。

「あーあ、閉まってる。てっぺんに登って、ワシントンD.C.の街なみを見下ろしたかったのになっ」

クインが、入り口の近くにある立て看板に目を走らせた。

「記念塔は、三年前に地震が起こって以来、いまだに復旧作業中なんだってさ……。東海岸でも、地震が起こることなんてあるんだな。カリフォルニアだけだと思ってた」

「おれもそう思うとった。とにかく、展望台が閉まっとるっちゅうことは、第二の通過ポイントを示す黄色い紙も、地上のこのあたりにあるっちゅうことやな」

五人は記念塔をぐるりと一周し、次の手がかりをさがし回った。ついにリカが、郵便ポストにセロハンテープで張られた黄色い紙を見つけた。

「あった!」

コーディ、クイン、エム・イー、ルークの四人は、リカのもとに集合した。リカの

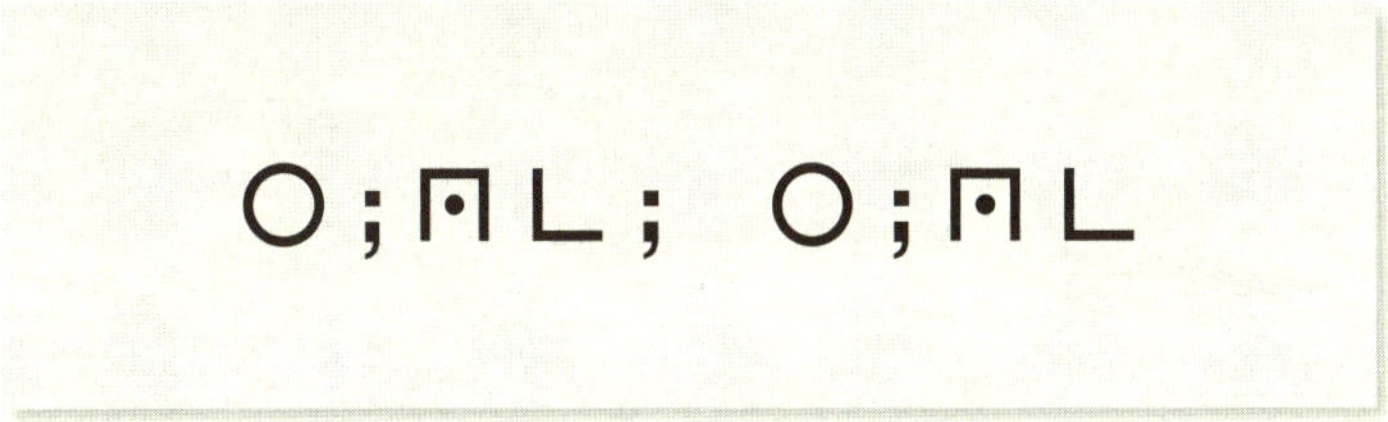

お母(かあ)さんも、にこにこしながらそばにやって来る。

「リカ、えらい！」

コーディが言うそばで、エム・イーが、黄色い紙に書かれた記号をのぞきこむ。

「これ、なんだろ？　ピッグペン暗号に似(に)てるけど、ちがうっぽいね」

エム・イーの言うとおり、紙に書かれた暗号は、コーディたちがはじめて目にするものだった。

「さて、どうすんべ？」

ルークがおどけて言ったとき、リカのお母(かあ)さんが五人の前にすっと進み出た。ショルダーバッグから茶封筒(ちゃぶうとう)を一通取り出し、にっこり笑って差し出す。コーディは仲間(なかま)たちと顔(かお)を見あわせ、茶封筒(ちゃぶうとう)を受け取った。

「ありがとうございます」

封筒の表には、「マル秘」「親展」「最高機密」といった赤いスタンプがいくつもおしてあり、「2」と番号がふってある。

（なんだか、わくわくする！）

コーディは急いで、封筒を開けた。

中に入っていたのは、四枚の解読表と、一枚のプリントだった。コーディは解読表を三人に配り、残りの一枚をリカと二人で見る。

「GPSの座標が書いてある。次の通過ポイントだ」

プリントに書かれた大字を見ながら、クインが言った。それから解読表に目を通す。

「裏に説明書きもあるぞ。『ジョージ・ワシントン暗号』って書いてある。『独立戦争のとき、総司令官だったジョージ・ワシントンが、部下との連絡に使った暗号』だってさ！」

クインが、目を輝かせた。クインの心をおどらせる、「軍隊」と「暗号」というキーワードが二つ重なったのだから、とうぜんだ。

「ほんま、ピッグペン暗号に似とるな」

A B C D E F
G H I J K L
M N O P Q R
S T U V W X
Y Z

ルークが、記号を見ながらつぶやく。クインがうなずいた。

「ピッグペン暗号を一部、取り入れているのかもしれないな。とにかく早いとこ、かたづけちゃおうぜ。コーディとリカは、ジョージ・ワシントン暗号の解読をたのむ。ルークとエム・イーは、座標の値を解読して、ＧＰＳに入力するのを手伝ってくれ。手分けすれば、時間の短縮になる」

クインはてきぱきと指示を出し、さっそく作業に取りかかった。コーディとリカは、暗号表をもとに、メッセージを翻訳していった。新しい暗号は、読み解くのにたいして時間はかからなかった。

「通過ポイントが、わかったぞ！」

（答えは解答編２４６ページ）

ルークが声をあげるのとほぼ同時に、リカが言った。

「こっちの暗号も、解けた……！」

「よし、行こうぜ！」

五人が、かけだす。リカのお母さんも、じゃり道を早足で歩き、なんとかついてきた。

（次の目的地は、「白い城」。はやく実物が見たいなあ）

その建物を、コーディはこれまでに何度、テレビや映画で目にしてきたことだろう。アメリカ一有名な建物といっても、まちがいではないはずだ。それをとうとう生で見ることができると思うと、コーディはわくわくした。

（今日は大統領、中にいるのかな。黄色い紙は、どこに張ってあるんだろう？　そして、今度はどんな暗号で書いてあるのかな？　もし、ぐうぜんそれを大統領が見つけたら、本物のスパイの暗号とかんちがいして、びっくりするかもね!?）

コーディは大統領が驚く顔を空想して、ニヤニヤした。

（手がかりの暗号は、先生たちが一生けんめい作ってくれたんだろうなあ。先生たちに感謝しなくちゃ）

五人とリカのお母さんは、第二のポイントである「白い城」――つまりホワイトハウスに向かって、モール地区を足早に歩いた。

とちゅう、何げなくポケットに手を入れたコーディは、スパイ博物館の外で拾ったボールペンの存在に気づいて、はっとした。

（そうだ、このペンのこと、すっかりわすれてた！）

同時に、あやしい人物のことも思い出した。

（あの人、本当にわたしたちのことを監視してたのかな？　それともあれは、たんなるわたしのかんちがい？）

コーディはきょろきょろとあたりを見回した。

ワシントンD.C.の観光名所が集中しているモール地区は、たくさんの観光客でにぎわっていた。修学旅行のグループもいれば、外国人旅行者もいる。観光客だけじゃない。迷彩服を着たパトロール中の兵士たちも、おおぜいいる。

（この中に例の人物がいるとしても、見つけるのは至難のわざね。『ウォーリーをさがせ！』のリアル版みたいなものだもん）

コーディは半分あきらめかけた。でも、そのとき、気づいた。

ほとんどの観光客は、ジーンズにTシャツ、パーカといったカジュアルなかっこうをしている。それに、家族や友だちといっしょにいる人が多いから、トレンチコートを着て一人で歩いている人物がいれば、目立つはずだ。

コーディはターゲットをしぼって、あたりをさがした。すると、近くのホットドッグ屋台のそばに、男性が一人で立っているのに気づいた。

コーディはすばやく、その人物を観察した。新聞をかかげて読んでいるので、顔はまったく見えない。服装は、カーキ色のトレンチコートに黒い野球帽、黒いくつ——スパイ博物館の外で見かけた人物と、まったく同じだ！

コーディは、その場でこおりついた。あわてて、となりにいるエム・イーの手をつかむ。

「みんな、ちょっと！」

ルーク、クイン、リカが立ちどまった。

「どうしたん？」

ルークが聞く。

コーディは目を見開いて、手まねきした。五人が話しあうあいだ、リカのお母さんは気を使って、近くのみやげ物屋台で足をとめ、Tシャツをながめている。

「コーディ、こんなとこで立ちどまって、どこかのグループに先を越されちゃったらどうする——」

クインの言葉を手で制し、コーディはまばたきを始めた。

「だいじょうぶか、コーディ？　目の中にゴミでも入った？」

コーディはぶんぶん首を横にふると、もう一度最初からまばたきを始めた。すばやいまばたきとゆっくりしたまばたき、二種類を組みあわせる。

「そうやないて、クイン。これは、モールス信号や！」

ルークの言葉に大きくうなずき、コーディはまばたきをつづけた。暗号クラブのメンバーが、けんめいにまぶたの動きを見守る。


ー・ー／ー・／ーー・ー・／ー・／・・ー・／

・ーー・／ー・ーー／・・・／ーーー／・ー・ーー／ー・ーー・

（答えは解答編２４６ページ）

暗号クラブの仲間は、メッセージを読み取った。

すぐさまエム・イーが、あたりをきょろきょろ見回す。

「どこっ？」

「ちょっと！」

コーディはあわててエム・イーの手を引っぱり、小声でささやいた。

「そんなことしたら、相手にかんづかれちゃう！」

エム・イーがペロリと舌を出す。

「ごめんっ！　でもさ、あたしたちのあとをつけてるって、だれが？」

「スパイ博物館で見かけたのと、同一人物よ。みんなには言わなかったけど、博物館の外でならんでたとき、柱の後ろにだれかがかくれたのが見えて、何かへんだなと思ったの。その人、黒い野球帽にカーキ色のトレンチコート、そして黒いくつをはいてた。ゲームが始まった直後にもう一度見かけた気がしたんだけど、ちゃんと確認する前に消えちゃって……。そのときはたんなる思いちがいかもって思ったけど。今回はぜったい、たしかだよ。ちゃんと見たもの」

「そいつ、今どこにおるん？」

ルークがささやいた。帽子のつばの下から、さりげなくあたりに目を走らせる。

「四時の方角」

コーディは言った。トレンチコートの男が立っている位置を、時計の文字盤にたとえて伝えたのだ。男は四時の方向、つまりコーディの右ななめ後ろにいた。

「四時？　何それっ？」

エム・イーが、けげんな顔で聞く。

「方角を、時計の針の位置にたとえた言い方よ。右後ろっていうより、正確に場所が伝えられるでしょ？」

コーディが言うと、クインがうなずき、つけくわえた。

「それ、軍隊でよく使われる表現だよな。船や飛行機に乗っているとき、進行方向を十二時として、たとえば『六時の方向に注意！』って言えば、自分たちの真後ろから危険がせまってるってことが、すぐにわかるってわけ」

二人の解説を聞いたエム・イーは、さっそく右後ろをふり返った。

「……へっ？　ゴミ箱しか見えないよ？　まさか、あの中にかくれてるとか？」

「ちがうってば。エム・イーから見た四時じゃなくて、わたしから見た四時のこと」

エム・イーがあわてて、言われた方角を向く。

「あのホットドッグ屋台？」

コーディはうなずいた。

「あの屋台のそばに、男の人が立ってるでしょ？」

ルークがまゆをひそめる。クインはあたりをきょろきょろ見回している。エム・イーは肩をすくめ、リカはこまったような顔でコーディを見た。

（みんな、どうして反応がにぶいんだろう）

コーディはしびれを切らし、右後ろをさっとふり向いた。

トレンチコートの男は、消えていた。

さっきまで男が立っていた場所には、新聞が落ちている。

コーディは、ホットドッグ屋台にかけよった。四人があとを追いかける。

「あの、すみません。ちょっと前まで、ここに男の人が立っていたはずなんですけど……その人の顔、見ましたか？」

コーディは、屋台のおじさんに聞いた。

「え？　そんな人、いたかい？　ここはたくさん人が通るからねえ」

おじさんは首を横にふると、にこにこ笑ってメニュー表を指さした。

「きみたち、ホットドッグ一つ、どうだい？」

コーディは、がっくりと肩を落として言った。

「いえ、けっこうです」

ひざまずいて、地面に落ちている新聞を拾い上げる。

「コーディ、何やってんだよ？」

クインが聞く。

「この新聞、さっきまでここにいた男が持っていた物なの」

「ほんとにっ？」

「ほんとだってば」

コーディは少しいらだった口調で答えた。

（きっとみんな、わたしの思いこみだって考えてるんだ。新聞っていう証拠が、ちゃんとここにあるのに！）

コーディは、新聞をにぎりしめた。

「あなたたち！」

リカのお母さんの声が聞こえた。

小走りで、コーディたちのいる屋台わきにやってくる。さっきまでのおだやかな笑顔は消え、けわしい表情をうかべている。子どもたちのそばにたどり着くと、リカのお母さんはほっとため息をついた。

「見失ったかと思ったわ！　お願いだから、勝手にどこかに行ってしまわないで。おなかがすいているなら、少しだけどクラッカーを持っているから、それを食べなさい。買い食いはダメよ。ゲームが終わったら昼食の予定だから、それまでがまんしてちょうだい」

リカのお母さんは、コーディたちがホットドッグ屋台のそばにいるのを見て、おなかが空いたと思ったみたいだった。

「ごめんなさい、リカのお母さん……」

コーディはしょんぼりして、拾った新聞を近くのごみ箱に捨てようとした。そのとき、あることに気づき、コーディははたと手をとめた。

「ちょっと待って！」

二番目の通過ポイントに向かって歩きだした仲間を、呼びとめる。

「これ、見て！」

コーディはたたんであった新聞を広げてみせた。おりたたんだ状態だと気づきにくいけれど、こうしてみると、一目瞭然だ。

新聞の真ん中には、穴が開いていた。全ページを貫通する、小さなのぞき穴が。

あやしい男は、新聞で顔をかくし、のぞき穴からコーディたちをスパイしていたのだ。

（わたしたち、やっぱりあとをつけられていたんだ！　でも、どうしてだろう？　そして、あの男の正体は？）

第7章

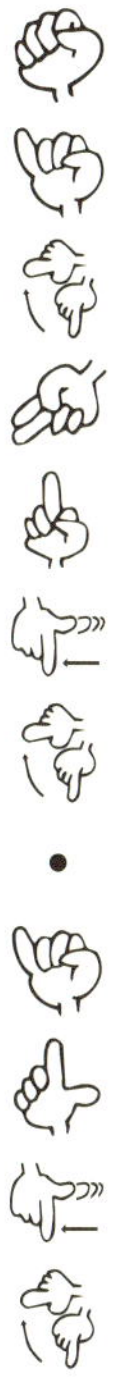

コーディたちは、あやしい男の姿をさがしつつ、ホワイトハウスを目指して歩いた。

「ねえねえコーディっ」

エム・イーが、コーディにぴったりくっついて歩きながら、ひそひそ声で話しかける。

「リカのママに伝えたほうがよくないっ？」

コーディは首を横にふった。

「今はまだ、ちゃんとした証拠がないから、言ってもむだだと思う。次にまた見かけたら、報告することにしよう。カーキ色のトレンチコートに黒い野球帽、黒いスニーカーが目印だから、注意して見ててね」

「ほかに、何か特徴はないのか？　背は高い、それとも低い？　やせてる、太ってる？　ヒゲは生やしてた？　メガネは？」

クインが、矢つぎ早に質問する。

コーディは、男の姿形をけんめいに思い出そうとした。

「うーん……背はルークと同じくらいか、もうちょっと高いくらいだったかなあ」

ルークは、六年生の中でも、断トツに背が高い。

「だぶっとした、丈の長いトレンチコートを着ていたからよくわからなかったけど、体格がよくて、貫録がある感じだった。ヒゲはあったような気もするんだけど、おぼえてないの。サングラスをかけてたから、目の色もわからないし」

「あの……髪は何色だった？」

リカが聞く。

「それも、帽子にかくれて見えなかったな」

コーディは、しょんぼりして言った。横でエム・イーがぶるぶるっと身ぶるいする。

「なんかこわくなってきたっ。もしそいつが、あたしたちを誘拐しようとたくらんでる悪者だったら、どうする!?　ねえねえ、何かが起こる前に、リカのママに報告しとこうよっ」

今にもリカのお母さんのところへ行きそうなエム・イーを、ルークがなだめる。

「まあ落ち着きぃや、エム・イー。ええか、グループからはぐれたらいけんち先生が言いよるんは、たとえ子どもでも、複数でかたまっとれば、とりあえずは安全だからや。おれたちは五人——リカのお母さんを入れたら六人やろ？　みんなでおれば、かんたんに誘拐はできん。もしまたトレンチコート男を見かけたら、秘密の合図を送りあおう。そうすれば、おれたちがかんづいたち、相手に気づかれんですむやろ？　リカのお母さんに相談するんは、そのあとでもええはずや」

ルークの冷静な言葉を聞いて、エム・イーはだいぶ安心したみたいだった。

「それもそうだねっ、じゃあさっそく、秘密の合図を考えようよ。コーディ、なんかいいアイデアない？」

コーディは少し考えてから、リカに向き直った。

「リカ、手話って知ってる？」

「えっと……日本の手話なら少し。でも、アメリカのは知らない」

「じゃあ、アメリカの手話をいくつか教えるね」

「あのさ、みんな。あやしい男の呼(よ)び名(な)なら、オレ、いいアイデアがあるんだけど」

クインが勢(いきお)いこんで言った。

「ジョージ・ワシントンの暗号名は、711(セブンイレブン)だったんだって。同じのにしないか？」

「セブン・イレブン？　なんかべんりそうな名前っ」

エム・イーがころころ笑(わら)う。

合図の出し方を知らないリカのために、コーディは歩きながら、一から九までと○の指文字を教えた。

「まず一は、ふつうに数を数えるときみたいに、人さし指を立てればいいの。かんたんでしょ？　二も、ふつうの数え方と同じ。三は、二の形に親指をくわえたもので、四と五は、またふつうの数え方にもどるよ。ほら、こんな感じ」

じっさいに指文字を見せながら、コーディは説明(せつめい)した。

「六からはちょっとむずかしくなるんだけど……こうやって、親指と小指をくっつけるのが六。親指と薬指をくっつけるのが七。親指と中指で八、親指と人さし指で九——どう？　覚(おぼ)えられた？　ゼロは、五本の指先をぜんぶくっつけて、丸の形を作ればいいの」

「ふーん……おもしろい！」

見よう見まねで練習しながら、リカが楽しそうに言った。

「あれ、十ってどうやるんだっけ。わすれちゃったよ」

指文字で九まで数えたクインが、つぶやいた。暗号クラブのメンバーも、リカといっしょに手話の復習をしていたのだ。

「親指を上に立てて、手首を左右にふればいいんだよ。ほら、こうやって」

コーディが、実演してみせる。

「じゃあ、セブン・イレブンのイレブンは？　あたしたちまだ、十より上の数を習ってないよっ」

今度はエム・イーが、親指と薬指で「七」の形を作りながら聞いた。

「十一はね、こう」

コーディは、人さし指を立てる動作を、二回連続してやった。

四人が手話の練習をするあいだ、コーディは「セブン・イレブン」こと、トレンチコート男の姿が見えないかと、あたりに気を配りながら歩いた。

第二通過ポイントに着くころには、リカは手話の数字をすっかりマスターし、暗号クラブのメンバーと同じくらいすばやく、「7 11」とサインが出せるようになっていた。

ホワイトハウスにたどり着いた一行は、建物の正面で足をとめた。

「『セブン・イレブン』、どっかにひそんでそうっ？」

エム・イーがひそひそ声で聞く。コーディは、かぶりをふった。

「今のところ、気配はないみたい。もしかしたら、気がかわってほかのだれかをスパイすることにしたのかもね。だいたいあの人、なんでわたしたちを見張ってたんだろう。わたしたち、本物のスパイでもなんでもないのに」

「スパイ博物館のスタッフが、おれたちの観察力をためしとるのかもしれんぞ？」

ルークの言葉に、コーディは肩をすくめた。

「そこまで手のこんだこと、するかなあ……」

「まあとにかく、今はゲームに集中しようぜ」

クインが、メンバーの関心をゲームに引きもどす。

「ほかのグループに追いつかれる前に、早いとこ黄色い紙を見つけなくちゃ」

クインの言うとおりだと、コーディは思った。今のところはコーディたちのグループが一番のようだけれど、トレンチコート男騒動(そうどう)で、ずいぶん時間をむだにしてしまった。

「黄色い紙、黄色い紙、と……」

ルークが正門の近くをさがし回る。少しして、声をあげた。

「あったぞ！」

フェンスにくくりつけられた、黄色い紙を指さしている。紙の上には、数字がずらりとならんでいた。

10・8・12・10・5・9・8・8

2・26・4・2・23・1・26・20・9・24・26・2……

コーディはさっそく、リュックから暗号ノートを取り出した。数字転換暗号表がのっているページを開き、声に出してメッセージを変換していく。でも、じきに口をつぐんだ。意味不明の音がつづくだけだったからだ。

「数字転換暗号じゃないみたいね」

コーディは、数字を使ったほかの暗号もためしてみた。でも、やっぱりちがう。

「お母さん！」

数メートルはなれたところで見守っている母親に、リカが声をかけた。

「えっと……この暗号を解読するための表、持ってる？」

リカのお母さんはほほ笑みをうかべ、ショルダーバッグから「3」と番号がふられた封筒を取り出す。

「この中に、何かヒントがあるといいわね」

「ありがとう！」

リカははずんだ声で封筒を受け取り、中身を取り出した。アルファベットがびっしりならんだ紙を、仲間たちに見せる。

「解読表……なのかな」

「うわあ。目がチカチカするっ！」

解読表をのぞきこむなり、エム・イーが顔をそむけた。

「紙の裏にもなんか書いてあるかもよっ？」

エム・イーの言うとおり、解読表の裏には文章が書かれていた。

a b c d e f g h i j k l m n o p q r s t u v w x y z
b c d e f g h i j k l m n o p q r s t u v w x y z a
c d e f g h i j k l m n o p q r s t u v w x y z a b
d e f g h i j k l m n o p q r s t u v w x y z a b c
e f g h i j k l m n o p q r s t u v w x y z a b c d
f g h i j k l m n o p q r s t u v w x y z a b c d e
g h i j k l m n o p q r s t u v w x y z a b c d e f
h i j k l m n o p q r s t u v w x y z a b c d e f g
i j k l m n o p q r s t u v w x y z a b c d e f g h
j k l m n o p q r s t u v w x y z a b c d e f g h i
k l m n o p q r s t u v w x y z a b c d e f g h i j
l m n o p q r s t u v w x y z a b c d e f g h i j k
m n o p q r s t u v w x y z a b c d e f g h i j k l
n o p q r s t u v w x y z a b c d e f g h i j k l m
o p q r s t u v w x y z a b c d e f g h i j k l m n
p q r s t u v w x y z a b c d e f g h i j k l m n o
q r s t u v w x y z a b c d e f g h i j k l m n o p
r s t u v w x y z a b c d e f g h i j k l m n o p q
s t u v w x y z a b c d e f g h i j k l m n o p q r
t u v w x y z a b c d e f g h i j k l m n o p q r s

エ・プルリブス・ウヌム

リカが、声に出して読み上げる。

「えっと……『これは、南北戦争時代に、南部連合軍が使っていた暗号だ。最初の行は、アルファベットがaからzまでならんでいる。二行めは、一文字ずれてbから始まり、aで終わっている。この解読表をもとに暗号を解き、次の通過ポイントのヒントを手に入れよう。GPS座標は、この下にプリントしてある。それでは、グッド・ラック！』だって。あと……最後に、『エ・プルリブス・ウヌム』ってサインがしてある……」

「エ・プルリブス・ウヌム」という言葉は、紙の表にも書かれていた。

　物知りのクインが、さらりと言う。

「『エ・プルリブス・ウヌム』って、聞いたことあるな。たしか、ラテン語で……そうだ、思い出した。『多数から一つへ』って意味だ。一セント硬貨に書いてある文言だよ」

　きょとんとした顔で、エム・イーが聞いた。

「何それ、どういう意味？」

「小さな州が集まって、一つの大きな国になる――そうやってアメリカ合衆国ができあがったっていう意味だと思う」とクイン。

「数は力なり、ちゅうことか」

ルークがつぶやいた。

コーディは、提案した。

「とりあえず、この解読表で暗号が解けるかどうか、やってみよう。まずは一行めのアルファベット列から、最初に書かれた数字を拾っていけばいいのよね」

「十番めの文字は、jだ」

クインが言うと、ルークは自分の暗号ノートにjと書きつけた。

コーディが、先をつぐ。

「次は二行め。八番めの文字は……i」

解読に合わせ、ルークが文字をノートに書き取っていった。じきに、二十個の文字がならんだ。

ルークが、書き取ったメッセージを読み上げる。


（答えは解答編246～247ページ）


「これってどういう意味っ？」

エム・イーが聞く。

「どっかで聞いたことあるセリフの一部だよな。すごく有名なセリフ……」

クインが考えこむ。その横でルークが言った。

「おう。おれも聞いたことあるぞ。だれがゆうたんやっけ」

「調べてみるね」

コーディはスマートフォンを引っぱり出し、セリフを入れてみた。だれもがよく知っている名前が出てくる。

「第十六代大統領のエイブラハム・リンカーンだ！」

コーディは検索サイトから拾い読みしながら、急いで情報を要約した。

「『リンカーン大統領は、南北戦争でアメリカが二つの国に分かれてしまいそうになったとき、国家の分断をふせごうと、力をつくした。〈人民の、人民による、人民のための政府〉というのは、大統領が行った演説の中で、もっとも有名なフレーズである』だって。もう一度ひとつにまとまろうとしたリンカーン大統領だから、『多数から一つへ』っていうサインなんだね！」

そのとき、クインがGPS受信機をかかげて見せた。リカが翻訳した座標値を、

GPSに入力したのだ。

「座標が示している位置も、ドンピシャだ」

「急がんと。リンカーン記念堂、ここからけっこうはなれとるぞ」

ルークがせかす。

五人は、次のポイントに向かって全速力でかけだした。リカのお母さんも、がんばってあとをついてくる。興奮のあまり、コーディはしばらく、例のあやしい人物の存在をわすれていた。第三通過ポイントに近づいたとき、ようやく立ちどまって、あたりを見回した。

（もしトレンチコート男を見かけたら、今度こそ逃がさないようにしなきゃ）

でも、あやしい男の姿はどこにも見えない。

コーディはほっとした。でも、同時にがっかりもしていた。

（もしかしたらほんとうに、ただのかんちがいだったのかな……。穴の開いた新聞のほかに、トレンチコート男がわたしたちをスパイしてたっていえる証拠は、何もないわけだし。このままあの人が姿を現さないなら、そのほうがいいに決まってるんだけど、でも、なんだかくやしいような、納得いかないような……）

第三通過ポイントである、リンカーン記念堂に注意を向けたコーディは、記念堂の壮大なスケールに驚いた。五ドル紙幣と一セント硬貨の裏に小さく描かれているリンカーン記念堂が、じっさいはこんなにりっぱな建物だとは、思ってもみなかったのだ。

大理石でできた建物は、外側がギリシャ式の円柱でかざられ、建物の上部には、ライオンの頭部、リース、ワシの翼、州の名前など、さまざまな彫刻がほどこされている。だが、コーディが外観よりさらに圧倒されたのは、建物の中に鎮座している、エイブラハム・リンカーン像だった。

いすにすわっているリンカーン像は、高さ十八メートル、縦横の幅は、それぞれ六メートル近くある。文字どおりの偉大な大統領だ。

コーディは、第十六代大統領の像をもっと近くで見ようと、仲間たちについて階段を上がっていった。

階段を上りきって像を目の前にしたとき、コーディはあっと思った。

大統領の像の両手は、指文字で自分のイニシャル、つまり「エイブラハム」のAと、

「リンカーン」のLを表していると聞いていたけれど、本当にそうだったからだ。説明書きの看板によれば、像を制作した彫刻家には、耳の聞こえない娘がいたんだそうだ。

（うちに帰ったら、タナに教えてあげなくちゃ！）

記念堂でリンカーン像をひとしきり観賞したあと、コーディたちは、第四ポイントの手がかりを示す、黄色い紙をさがしはじめた。記念堂のまわりを捜索したあと、五人は正面階段に集まった。

「手がかりらしき物、見つかった？」

コーディは、通りすぎる観光客たちに目を配りながら聞いた。例のあやしい人物が、いつ現れるかわからない。ゆだんは禁物だ。

「なんも見つからん。みんなはどうや？」

ルークの問いに、全員が首を横にふる。

「あの……お母さん、四番めの封筒をちょうだい」

リカが、記念堂から少しはなれたところにいる、母親のほうへ足を向けた。リカのお母さんはちょうど、携帯電話で話をしている。人さし指をくちびるに当て、リカに向かって「ちょっと待って」というゼスチャーをした。

その場でリカが待つあいだ、コーディたちは階段のとちゅうで腰を下ろした。

「まあ！」

ふいにリカのお母さんがさけび、口に手を当てた。何か問題が起こったらしい。

暗号クラブの四人は立ち上がり、リカのいる階段の一番下までかけ下りた。

「どうしたん？」

ルークが小声で聞く。リカは肩をすくめ、お母さんをじっと見つめた。

五人ともその場に立ちつくし、聞き耳を立てる。

「いいえ……いいえ……はい」

リカのお母さんは、短い返事をするばかりだ。それから、電話を切った。

「お母さん、何があったの？」

リカが聞いた。

（もしかして、例のトレンチコート男と、何か関係があったりして……）

コーディの想像力が、むくむくとふくらんでいく。

リカのお母さんが、五人の顔を順番に見た。それから、言葉を選ぶように、ゆっくりと話しはじめる。

「スタッド先生から、電話があってね――」

「先生、なんて言ってましたっ？」

エム・イーが聞く。リカのお母さんの顔からは、いつものほほ笑みが消え、眉間にしわがよっていた。

「今すぐゲームを中止して、スパイ博物館にもどるように、とのことよ」

「なんでですか？　まだとちゅうなのに。しかもオレたち、このまま行けば一番にゴールできるかもしれないのに」

クインが、納得のいかない顔で言う。

リカのお母さんは、深いため息をついた。

「気持ちはわかるわ。わたしもざんねんだけれど、とにかく博物館にもどりましょう」

「何が起こったのか教えて、お母さん！」

リカのお母さんが、リカの目を見た。少し口ごもってから、言う。

「あなたのクラスのお友だちが、いなくなったらしいの」

「えっ！　A組のだれですか？」

コーディが聞く。

「マシュー・ジェフリーズという子だそうよ」

「えーっ！　おジャマじゃマットが行方不明!?」

コーディはショックを受け、思わずマットのあだ名を口に出してしまった。リカのお母さんがけげんそうな顔をしたが、下を向いてごまかした。

頭の中では、ごちゃごちゃといろいろな考えがうずを巻いていた。

（もしかして、マットが行方不明になったことは、わたしたちのあとをつけていたトレンチコートの男と、何か関係があるのかな？）

もしあの人物が、子どもをねらった誘拐犯だったらどうしようと、コーディはこわくなった。もっと早く、大人たちに報告しておけばよかったと、後悔してもおそい。

（マット、どこへ行っちゃったんだろう。ぶじだといいけど……）

第8章 ！

コーディたちがスパイ博物館前にもどってきたときには、バークレー小の六年生たちは、ほとんど全員が、バスの中で待機していた。携帯電話を耳に当てたスタッド先生が、バスの昇降口の横に立っているのが見える。先生は眉間にしわをよせ、電話の向こうの相手に向かって、大きな身ぶりで何かを必死にうったえていた。

（こんなに取りみだしたスタッド先生を見るのは、はじめてだ……）

コーディは思った。

マットのことだから、スパイ博物館の中をただぶらぶらしてただけだと言って、すずしい顔をしてもどってくるんじゃないかと、コーディはうたがっていた。でも、スタッド先生のようすを見るかぎり、状況は深刻らしい。

何か暗号クラブにもできることがあるかもしれないと、コーディは考えはじめた。

何しろ、暗号クラブはこれまで、どろぼうをつかまえたり、行方知れずのお宝を見つけたりと、いろいろな手柄を立ててきた。行方不明のクラスメートを見つけることだって、できるかもしれない。

コーディは仲間たちに手まねきし、スタッド先生のほうへ歩いていった。先生はちょうど電話を終え、そばに立っている博物館の警備員に、顔を向けたところだった。警備員の制服の胸もとには、「ルーク・ヤングブラッド」と名札がついている。

スタッド先生は、ヤングブラッド警備員にうったえた。

「今、警察に連絡しました。しきゅう、こちらに向かうそうです。ところで、博物館の中は、くまなくさがしていただけたのでしょうか？　本当に、館内にはいないのですか？」

ヤングブラッドさんがうなずく。

「すみからすみまでさがしましたが、見当たりません。ねんのため、博物館の出入り口はすべて封鎖し、われわれの許可がなければ、館内にはだれも出入りできないようにしてあります。ところで、ほかのお子さんたちは、全員そろっていますかな？」

スタッド先生が、手に持ったクリップボードに目を落とした。

「いえ、まだあと五名、もどっていなくて……」

心配そうに左右の歩道に目をやった先生は、すぐ後ろにコーディたちが立っていることに気づいて、心底ほっとしたような声をあげた。

「ああよかった！　今、最後の五人がもどりました！」

それから先生は、コーディたちに向かって言った。

「あなたたち、早くバスに乗りなさい。これ以上、迷子がふえたりしたら、わたしはもう――」

「先生！　おジャマ……じゃなかった、マットに何があったんですか？」

スタッド先生の言葉をとちゅうでさえぎり、コーディは聞いた。事情をくわしく聞くまでは、バスに乗れない。

「わたしにも、わからないのよ！」

スタッド先生は、ほとんど泣きそうな声で言った。

「つきそい役のリトルフィールドさんから、電話が入ったの。マットが勝手にグループをはなれてしまったと……」

「いなくなったのは、いつなんですか？」

クインが聞いた。

スタッド先生は、必死で頭の中を整理しようとするみたいに、左右に頭をふった。

「リトルフィールドさんの話では、スパイ養成ゲームが始まったときは、たしかにみんなといっしょだったらしいわ。でも、歩きだしたとたん、どんどん先へ行ってしまったそうなの。待ってと声をかけても、聞かなかったそうよ。『おれが一番乗りしてやる！』と、さけんでね。だからみんなは、第一ポイントに行けばマットに追いつけるだろうと思って、ワシントン記念塔に急いだのだけれど、着いてみたら、マットの姿はどこにも見えなかったんですって。記念塔のまわりをいくらさがしても見つからないので、とちゅうで道にまよっているのかもしれないと考えて、来たときと同じ道をたどってさがしながら、ここまでもどってきたそうなの。でも、マットはどこにもいなかった」

先生は、目になみだをうかべている。コーディはスタッド先生の腕を取って、なぐさめた。

「先生、そんなに心配しないで。マットはきっともどってきます」

（先生、よっぽどまいってるんだ。かわいそう）

「スタッド先生！」

バスのステップの上から、男の人の声がふってきた。転がるようにバスのステップを下りてきたのは、おなかのつき出た、丸顔の中年男性だ。

「どうされました？　リトルフィールドさん」

スタッド先生が聞く。

「うっかり報告しわすれるところでした。ワシントン記念塔で、グループのうちの一人が、こんな物を見つけましてね。手がかりの黄色い張り紙の下に、はさんであったそうです」

リトルフィールドさんは、おりたたまれたパンフレットのような物を手にしていた。おりめを広げ、スタッド先生に手わたす。先生の横で見ていたコーディは、それがスパイ博物館のパンフレットであることに気づいた。

「これを見つけた子は、てっきり、手がかりの一部だと思ったようでしてね。意味がわからないと言って、わたしのところまで持ってきました。しかしわたしは、マットの姿が見えないことで動転していたもので、それをポケットに入れたまま、今の今まですっかりわすれておったというわけでして……。まことにすみません。これにはなにか、意味があると思われますか？」

スタッド先生が、パンフレットをすみずみまでじっくり見る。コーディたち五人も、身を乗り出してのぞきこんだ。余白部分に、動物のイラストがたくさん描かれているのが見える。

（このイラスト……！）

コーディは、すぐにピンと来た。このあいだリュックサックの中に入っていたイラストと、タッチがそっくりだ。

「今回は、動物の絵ばっかりだ……」

コーディは、先生が手にしているパンフレットを指さした。

「これってさ、マットの絵だよねっ？」

エム・イーの言葉に、暗号クラブのメンバーがいっせいにうなずいた。スタッド先生がびっくりした顔をして、四人を順番に見る。

「っちゅうことは、また判じ絵か」

ルークがつぶやき、動物の名前を右上から読み上げる。

「カメ、チンパンジー、ハト、オオカミ……」

「あのさ、ぜんぜん意味通じないよ？」

エム・イーがつっこむ。クインは無言（むごん）で首をかしげ、考えこんだ。

そのとき、リカがぽつりと言った。

「あの……思ったんだけど、なんでツキノワグマだけ、ほかの動物たちより小さく描（か）いてあるのかな……？」

「ほんとだ。どうしてだろう？」

コーディがまゆをひそめる。しばらくして、リカがふたたびぽつりと言った。

「あ……わかったかもしれない……」

「え、ほんとっ！　何が何が？」

エム・イーが、いきおいこんで聞く。

「さっき、各行（かくぎょう）の最初（さいしょ）の文字をひろって、縦読（たてよ）みするっていう暗号があったでしょう？　それと似（に）たような感じで、それぞれの動物の、最初（さいしょ）の文字だけ拾（ひろ）っていくの。

カメのカ、チンパンジーのチ、ハトのハ、オオカミのオ……」

コーディはいそいで暗号ノートを出し、リカの読み上げるとおりに、頭文字を書き出していった。ぜんぶ書き終えてから、答えを音読する。

「なにこれっ」

エム・イーが、あきれたようにぐるりと目を回した。

「おジャ……じゃない、マットってば、完全にジェームズ・ボンド気取りだねっ」

コーディは、いきおいこんでスタッド先生に言った。

「先生、暗号が解けました！」

（答えは解答編２４７ページ）

でも、スタッド先生の顔色は、一向に晴れなかった。

「あなたたち、ありがとう。でも、メッセージがわかったところで、マットが今どこにいるかを知る手がかりにはならないわ。ちゃんとぶじでいるといいけれど……。とにかく、あなたたちはバスに乗りなさい。あとのことは、先生にまかせて」

「あの、スタッド先生。わたしたちに、マットをさがしに行かせてくれませんか？」

コーディは、思いきって申し出た。

「謎を見つけたらかならず解くのが、暗号クラブのモットーです。だから、マットが消えてしまった謎も、明らかにしたいんです。わたしたち、マットの考えそうなことはだいたいわかる、っていう自信もあります」

スタッド先生は、弱々しくほほ笑んだ。

「気持ちはうれしいけれど、許可するわけにはいかないわ。万一のことが起こって、あなたたちまで行方不明になったりしたら、元も子もありませんからね。さあ、もうバスに乗りなさい」

すべるように道を走ってきた一台のパトカーが、博物館の前にとまった。黒と白にぬられたパトカーから、制服を着た警官が二人下りてくる。警官たちの肩からかけたベルトには、トランシーバや警棒など、いろんな道具が装着されていた。

スタッド先生が、二人の警官のほうへかけよる。そのすきに、コーディは大急ぎで、数メートルはなれた博物館のエントランスまで走った。今朝、あやしい人物が立っていた柱の後ろを、もう一度観察する。行方不明のマットと、トレンチコート男のあいだに、何か関係があるかどうか、たしかめようと思ったのだ。でもあいにく、手がかりになりそうな物は、何も見つからなかった。

バスの前にもどったコーディは、仲間たちに言った。

「どうしたら、スタッド先生に、許可をもらえるかな」

ルークが先生をあごでさした。先生は、一人の警官を相手に、必死で何かをうったえている。

「見てみい。先生、ばり取りこみ中やぞ」

ルークの瞳がきらりと光ったことに、コーディは気づいた。

「たしかに先生は今、おれたちの存在なんて、かんぜんに眼中にないよな」

クインがつけくわえる。

「二人とも、何が言いたいのっ？」

エム・イーが聞くと、ルークはざっとあたりを見回し、だれにも見られていないことをたしかめた。それから、まるでストレッチ体操でも始めるみたいに、腕をブンブンふりはじめた。コーディ、クイン、エム・イーの三人は、ルークが何をやりはじめたのか、すぐにわかった。手旗信号を送っているのだ。

（答えは解答編248ページ）

「やめといたほうがいいよっ！　スタッド先生には、ここにいるようにって言われたんだし」

エム・イーがひそひそ声で言う。

リカが一人、おいてけぼりにあったような顔をしていることに、コーディは気づいた。

（そうだ、リカは手旗信号を知らないんだった！）

コーディはリカの耳もとで、解読した手旗信号のメッセージをささやいた。リカはだまってうなずいてから、口を開いた。

「あの……手がかりになるかもしれないこと、思い出したんだけど……」

「手がかり？」

クインがおうむ返しに聞く。

「うん……ミュージアム・ショップで変装したときのこと、おぼえてる？」

みんながうなずく。

「あの……あのときね、マットが一人で、変装グッズをとっかえひっかえつけているのを、わたし見たの。コーディたちのほうをちらちら見てて、なんだかへんだなと思った……」

「マットがどんな変装グッズを買ったか、おぼえてる？」

コーディの問いに、リカはしばらく考えこんだ。

「えっと……レジに行く直前まで、サングラスを手にしてたのは見たよ。後ろが見えるようになってる、特別なサングラスをね。あとは……つけヒゲもいろいろ見てたけど、買ったかどうかはわからない……」

コーディは、まゆをひそめた。

「もしかしたら、マットがトレンチコート男なのかもしれないって、一瞬思ったんだけど……よく考えたら、マットではありえないよね。あの男、カーキ色のトレンチコートを着て、黒い野球帽もかぶってたもん」

「いや、マットかもしれんぞ？　帽子とコートは、リュックの中に入れて持っとったのかもしれん」

ルークが言う。

「でも、マットがいつもはいてるのは、よごれた白いスニーカーでしょ。トレンチコート男がはいてたのは、黒いスニーカーだった。わたし、見たもの」

「くつ屋に行って、黒いスニーカーを買ったのかもよっ？」

エム・イーの言葉に、クインが首を横にふる。

「わざわざくつ屋でスニーカーを買うような時間、あったとは思えないけどな。しかもここらへんに、くつ屋なんてないぜ？」

（あ！）

コーディはあることに気づいて、あわててパーカのポケットをさぐった。博物館の外で拾ったボールペンをポケットから取り出し、中に入っていた紙をぬき出す。

「これを見て」

コーディは丸まった紙きれを広げた。黒いマジックで、暗号メッセージが書いてある。

「この紙が、なんなのっ？」

エム・イーが聞く。

「黒マジックで書いてあるでしょ？」

「うん。だからっ？」

肩をすくめるエム・イーに、コーディは聞いた。

「マットの指先、覚えてる？」

「そうや！　あいつの手、指先が黒くよごれとった……」

ルークがはっとした顔をする。クインはあごに手を当てて考え、あとをついだ。

「ってことは、その手のよごれは……」

エム・イーもようやく気づいたみたいだ。コーディの顔を見て、言った。

ZOMBI

「黒マジックを使ったときのよごれだった、ってことっ!?」

「つまり……マットは白いスニーカーを、マジックで黒くぬったわけね……?」

最後をリカがまとめた。

「マットのやつ、博物館に入るとき、オレたちのすぐ後ろにならんでたよな。そのときのくつの色、みんなはおぼえてるか?」

四人が一様に首を横にふる。だれも、マットの足もとまでは見ていなかった。

(うかつだったな。あのときトレンチコート男を見ていたのは、わたしだけなのに。どうやらわたし、スパイには向いてないみたい……)

コーディは、落ちこんでいた。

でもエム・イーは、大きな目をさらに大きくし、いきおいこんで言った。

「さっきコーディが考えたこと、当たってるかもしれないよ? 迷子とか誘拐とかじゃなくて、マットは自分からわざと、グループをぬけたのかも。マットこそ、あたしたちのことをスパイしてた、トレンチコート男だったのかもっ!」

エム・イーのとなりで、クインが首をかしげる。

「うーん……だとすると、ふに落ちないことがいくつかあるんだよな。勝手に消えたりしたらトラブルになるってことは、マットだってわかってるはずだろ？　それをあえてやると思うか？　それに、オレたちのあとをこっそりつけるなんてこと、めんどくさがり屋のマットがするかな。第一、ゲームで一番になりたいやつが、人のあとなんかつけて、時間をむだにするとは思えないんだよね」

「そう言われれば、そうかもっ」

エム・イーが肩をすくめる。ルークがうーむと、うなった。

「どうやろな。おれもわからんようになってきた。けど、もしあいつがトレンチコート男やとしたら、『はぐれスパイ』っちあだ名がぴったりやな」

第9章

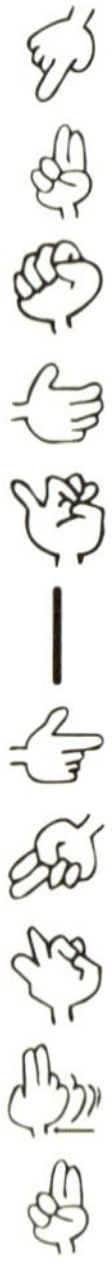

「あいつをさがしに行くっちゃ」

ルークが、きっぱりと言った。

「えーっ、警察の人にまかせたほうが、よくないっ？」と、エム・イー。

「警察よりわたしたちのほうが、マットの人相をよく知ってるぶん、見つけやすいと思う」

コーディは言い、あたりをさっと見回した。

「もしかしたら今この瞬間も、わたしたちのことを、どこかで見てるのかも。みんなが大さわぎしてるのを見て、おもしろがってるのかもしれない」

「たしかにっ。マットのことだもん、『おれさまがゲームをだいなしにしてやったぜ！』って、よろこんでる可能性はあるねっ」

エム・イーの声に、いかりがにじむ。

コーディは通りの左右を見わたし、カーキ色のトレンチコートを着た人物の姿をさがした。でも、見えるのはふつうの服を着た、ふつうの人たちだけだ。もしもマットがこの通りにいるとしたら、プロ級のかくれわざを身に着けているといわなければならない。

「マットのやつがこげなことしでかしたんは、スパイ養成ゲームに勝つためかもしれんな。パンフレットのメッセージ、ジェームズ・ボンド気取りやったし」

ルークが言った。

「うん。勝つためなら、手段は選ばないつもりなのかもっ。とりわけ、暗号クラブに勝つためならね」

「でも……どうしてそこまでして、勝ちたいと思うのかな？」

リカの質問に、エム・イーは肩をすくめて答えた。

「さあ……。マットはさっ、暗号クラブができたばっかりのときから、部室のドアをけやぶろうとするわ、あたしがコーディに書いた暗号メッセージを横取りしようとするわで、いやがらせばっかりしてきたんだよねっ。暗号ノートをぬすまれかけたこともあったしさ」

「あの……それってもしかして、マットが暗号クラブに入りたいからなんじゃないかな……？」

そう言ったリカの顔を、暗号クラブの四人はじっと見つめた。それから少しばつが悪そうに、顔を見あわせた。

コーディは、しずんだ声で言った。

「クイン、マットは前、暗号クラブに入りたいって言ったことがあったよね？」

クインが、腕組みをしてつぶやく。

「ああ。でもさ、こんなことして、オレたちがマットを暗号クラブに受け入れるとでも思ってるんだとしたら、あいつ、どうかしてるぜ」

「ほんまや」

ルークがうなずく。

「……きっと、マットは、自分をみとめてもらいたくて、こんなことしたんじゃないかな……？　さびしいのかも……」

静かに言ったリカの顔を、コーディは見つめた。

（リカって、すごいな。口数は少ないけど、すっごく洞察力と説得力がある）

ふいにクインが、するどい声で言った。

「世界、おしまい、世界、いちょう、かいじゅう、てんてん、クラブ、ルビー！」

（答えは解答編248ページ）

クインは、暗号クラブ通話表を使って、メッセージを伝えたのだ。メンバーの三人はすぐに理解したが、リカだけは、とまどった顔をしている。

「鳥かご、てんてん、うさぎ、すずめ、ルビー？」

（答えは解答編248ページ）

コーディはうんうんと、クインにうなずいてみせた。

（がんばって説得するしかないよね。スタッド先生が、許可してくれるといいけど）

「あなたたち！」

スタッド先生が、パトカーのそばから、バスに向かって歩いてきた。けわしい顔をしている。

「バスの中で待ちなさいと言ったでしょう？　なぜまだここにいるの？」

コーディは深く息をすってから、口を開いた。

「言われたとおりしなくて、ごめんなさい。でも、バスの中で何もせずに待つことがいい方法だとは、思えなかったんです。わたしたちなら、マットを見つけられると思います。パンフレットに書いてあったメッセージから、今どこにいるのか、だいたい見当はついているんです。だから先生、わたしたちにマットをさがしに行かせてください！」

「だめと言ったら、だめよ。さあ早く――」

クインが、先生の言葉をさえぎった。

「もちろん、つきそい役として、リカのお母さんにもいっしょに来てもらいます。大人がいっしょだったら、心配ないでしょう？」

五人はいっせいに、リカのお母さんを見た。リカのお母さんは、にっこり笑顔を返してくれた。

スタッド先生はじっと地面を見つめ、考えこんだ。コーディたちの提案を受け入れるかどうか、まよっているのだ。

　スタッド先生は、暗号クラブの活やくぶりを、だれよりもよく知っている人の一人だ。暗号クラブはこれまでに、近所の老人の命を助けたり、かくされた財宝を見つけたり、博物館で展示品どろぼうをつかまえたりしてきた。

　もっとも、暗号クラブがどんなにたよれる存在だからといって、自分たちだけでさがしに行くのを、先生がゆるしてくれるはずはない。コーディにも、それはわかっている。

（あともうひとおし！　なんとかして、スタッド先生の首を縦にふらせなくちゃ）

　コーディは先生の目をじっと見て、つけくわえた。

「万一トラブルにあうようなことがあったら、そのときはリカのお母さんから、先生にすぐ連絡してもらうようにします」

　リカのお母さんが、先生の前に進み出た。

「先生のおゆるしがいただけるなら、わたくしはよろこんで協力させていただきます。この子たちなら、行方不明のお子さんのことも、見つけ出してくれると思いますわ。スパイ養成ゲームで、この子たちの優秀さには驚かされましたから」

暗号クラブの四人は、リカのお母さんという心強い味方に、感謝をこめてほほ笑んだ。リカも、うれしそうに口もとをほころばせている。

「……いいでしょう」

スタッド先生が言った。その声があまりにつかれきっていて、投げやりにすら聞こえたので、コーディは、先生のことが気の毒になった。

(自分のクラスの子が行方不明になっちゃったんだもの。きっと、ひどく責任を感じているんだろうな。スタッド先生のためにも、ぜったいにおジャマじゃマットを見つけなくちゃ!)

かたく心にちかう。

スタッド先生が、コーディたちの顔を順番に見て、言った。

「ただし、かならず十五分ごとに、わたしに連絡を入れること。あなたたちがどこで何をしているのか、すべて報告してちょうだい。わかったわね?」

「はい、先生!」

全員が、声をそろえて返事をする。

「で、あなたたちの計画はどんなものなの？　聞かせてちょうだい」

スタッド先生が聞いた。

「マットは、スパイ養成ゲームを一人でプレイして、一人で勝ちたいんだと思います。だとすると、ゲームのルートをたどれば、マットは見つかるはずです。今から急いで追いかけるので、すべての通過ポイントを教えてもらえますか？」

スタッド先生はうなずくと、上着の右ポケットに手を入れた。おや、という顔をして、ポケットの中をさぐる。それからあわてて、左側のポケットに手を入れた。今度は、両手でズボンのポケットを調べている。

「ない。ルートが書いてある行程表がないわ！」

コーディは仲間の顔を見た。そっと指文字でサインを出す。

（答えは解答編２４９ページ）

暗号クラブの三人が、うなずく。

マットがなんらかの方法で、スタッド先生のポケットから行程表をぬすんだにちがいない。通過ポイントをあんなに早く知ることができたわけが、わかった。マットには、手がかりの暗号を解いたり、GPS受信機に座標を打ちこんだりする必要はなかった。だからつねに、暗号クラブの一歩先を行っていたのだ。

コーディは気を取り直し、先生に聞いた。

「それじゃあ、手がかりと座標のリストはありますか？」

スタッド先生は、首を横にふった。

「スパイ養成ゲームに関する書類が、そっくりなくなってしまったの。行程表を作成したのはパイク先生だから、わたしはルートをおぼえていないのよ。しかもパイク先生は今、午後からの観光準備で打ちあわせをしているらしくて、連絡が取れないの……。あなたたちには、通過ポイントに行って、暗号化された手がかりと座標を手に入れ、それを解いて次に進んでもらうしかないわ。時間がかかるでしょうけれどね」

先生が、顔をくもらせる。

「あなたたちを行かせるのは、やっぱりやめたほうがいいかもしれないわね」

「だいじょうぶです、先生！」

コーディは先生を元気づけようと、明るく言った。

「わたしたち、やってみせます。ね？」

仲間たちは、こくりとうなずいた。エム・イーだけは、あまり自信がありそうには見えなかったけれど。

「そうと決まれば、早く出発しよう！」

コーディは、みんなに声をかけた。

（何かまずい事態が発生して、マットが永遠に行方不明になってしまう前に！）

「そうだわ、ちょっと待って」

スタッド先生がみんなを呼びとめ、リカのお母さんを見た。

「武田さん。ゲームが始まる前にお配りした封筒をお持ちでしたら、子どもたちにわたしていただけますか？」

リカのお母さんは、ショルダーバッグの中に手を入れ、まだ開けていない封筒を三通、取り出した。

「一時間たってもマットを見つけることができなかったら、子どもたちとここにもどってきてください。それ以上、バスを待機させるわけにはいきませんので」

先生はリカのお母さんにねんをおすと、今度はコーディたちに向き直った。

「リカのお母さんの指示に、かならずしたがうのよ。リカのお母さんが、捜索を打ち切ると判断されたら、どんな状況であれ逆らったりせず、すみやかにここへもどること。いいわね？」

暗号クラブとリカの五人は、しんみょうにうなずいた。

＊＊＊＊

「はい。これが先生たちから受け取った封筒よ」

リカのお母さんが、まだ封を切っていない三通の封筒を差し出した。「4」「5」「6」と番号がふってある。コーディは礼を言って受け取ると、「4」と書いてある封筒を開封し、残りの二通をリュックにしまった。封筒から出てきた、日本の大字が書かれた紙を、リカにわたす。さっそくリカが訳した数字をメモし、クインとルークはGPS受信機で通過ポイントをわりだしにかかった。

そのあいだ、コーディとエム・イーは、もう一枚の紙に印刷された、暗号の解読に取りかかった。

（なんだ!?　この暗号）

何か言葉がかくれているのかと見当をつけてさがしてみたが、知っている単語が見つからない。

ケ	ラ	ト	サ	ウ
ソ	チ	ョ	ウ	ル
シ	ド	ン	イ	ス
ス	ノ	ア	グ	ス
ル	ウ	サ	ゴ	テ

「ケラトサウソチョウ……!?」

エム・イーが、表の中にならんだカタカナを、とちゅうまで読み上げて絶句した。

しばらく二人で、暗号とにらめっこする。やがて、エム・イーが言った。

「ね、この右下からぐるっと反対に読むと、『ステゴサウルス』って読めないっ?」

エム・イーが指さすとおりに読むと、たしかに単語がうかび上がってくる。

「ほんとだ……」

コーディは、しばらく考えこんだ。

「……表にならべられた文字を、うずまき形に読んでいけばいいっていうことかな」

エム・イーが、ひざを打つ。

「それだっ！　やってみよう」


（答えは解答編249ページ）


「なるほど、こう読むんだっ。ところでさ、この中であたしが知ってるの、ステゴサウルスとイグアノドンだけだよ。これは、男子に解いてもらうべきだったね」

エム・イーがぼやく。コーディは笑ってうなずいた。

「たしかに。ルークだったら、『ケラトサウ』まで読んだ時点で、解読できてたかもね。とにかく、次の通過ポイントは、国立自然史博物館ってことね」

「なんでわかるのっ？」

「自然史博物館には、恐竜の骨が展示されてるからよ」

ちょうどそのとき、クインとルークがGPS受信機をかかげてみせた。地図の上の矢印は、自然史博物館を示している。クインは急いで携帯電話を取り出し、地下鉄の経路をたしかめた。

「行こう！」

一行は、ふたたび地下鉄に乗り、モール地区にもどった。地下鉄の駅をおりたら、自然史博物館はすぐそこだ。コーディたちは、走りに走った。リカのお母さんも、少しヒールのあるくつで、けんめいにあとをついてくる。

巨大なコンクリート建築に到着すると、五人は息をぜいぜい言わせて、博物館をながめた。正面に円柱が立ちならび、中央に冠のようなドームがついた建物。

ルークはこの博物館に来るのをとりわけ楽しみにしていたから、外観を見ただけで、すでに感激していた。

「中が見られたら、ええんやけどなあ」

黄色い紙をさがしてあたりをきょろきょろしながらも、ルークが言う。

「この博物館には、恐竜の化石が五十種類もあるんやて。ミュージアム・ショップで

は、全種類の恐竜模型作成キットが買えるんや。おれもいくつかネットショップで買うて、作ったもんを部屋にかざっとる。全種類がそろうまで、一つ一つ集めていくんが、楽しいんちゃ！」

「明日また、ゆっくり見学に来られるよ、きっと」

コーディは、ルークをなぐさめた。

リカのお母さんが、博物館の正面階段を半分上ったところに設けてあるベンチに腰を下ろしたのが見えた。少しヒールのあるくつをぬいで、かかとにばんそうこうを張っている。気の毒に、走りすぎたせいで、くつずれを起こしたみたいだ。

コーディたちは、リカのお母さんには休んでいてもらって、博物館の周辺をさがしつづけた。

正面階段のそばに立つ掲示板を確認しようとしたとき、コーディの視界のはしに、トレンチコートに野球帽をかぶった人物が見えた。あわてて二度見する。男のかぶっている帽子は、黒ではなく紺色だった。はいているくつの色もちがう。

（人ちがいか……）

コーディは、胸のうちでつぶやいた。

(スパイ養成ゲームのせいで、頭がおかしくなっちゃいそう!)

ほどなくして、ルークが大きな声をあげた。

「見つけたぞ!」

43 - 22 - 55 - 12 - 32、
11 - 65゜ - 93 - 32 - 92 - 12 - 34 - 101、
33 - 62゜ - 85 - 43 - 45・15 - 63゛・
34 - 101 - 45 - 91 - 12 - 33

ルークがいる博物館西側の入り口に、全員が走って集合する。

ルークの視線は、黄色い紙に記された数列に注がれていた。

「また数字だ……。今度は、なんの暗号だろ?」

エム・イーが、とほうにくれたようにつぶやいた。

「リカのママから受け取った封筒に、解読表が入ってるんじゃないか?」

クインに指摘され、コーディはあわてて「5」と番号がふられた封筒をリュックから出した。開けてみると、一枚の表が入っていた。

「おきかえ暗号の一種みたいやな」

	1	2	3	4	5
1	あ	い	う	え	お
2	か	き	く	け	こ
3	さ	し	す	せ	そ
4	た	ち	つ	て	と
5	な	に	ぬ	ね	の
6	は	ひ	ふ	へ	ほ
7	ま	み	む	め	も
8	や	ゆ	よ	ら	り
9	る	れ	ろ	わ	を
10	ん				

ルークがさっそく分析すると、となりでクインがうなずきながら言った。

「縦の行と横の行の数字を組みあわせて、ひらがなの一文字を表すシステムだろうな。たとえば11は『あ』。12はどっちだろ？　『い』かな、『か』かな」

クインが首をかしげる。

「えっと……ここを見て」

リカが二行めの最後の数字を指さした。「101」と書いてある。

「あの……10と1の組みあわせだから、最初に縦、次に横の数字を組みあわせるんだと思う……」

「リカ、かしこいっ！」

エム・イーが、拍手する。

コーディはさっそく、暗号表の下に解読したひらがなを書きつけていった。ぜんぶ書き終えてから、声に出して読み上げる。


（答えは解答編250ページ）


「うわ、聞いただけで興奮してきた！」

クインが声をはずませる。

「なんで？」とエム・イー。

「スピリット・オブ・セントルイスっていうのは、リンドバーグが世界ではじめて大西洋横断に成功したときに、乗ってた飛行機の名前なんだ。で、アポロ司令船は、NASAの月面着陸計画で使われた宇宙船の一部。あと、月の石っていうのは、アポロ計画で持ち帰られた、月のクレーター付近の岩石のこと」

「へえ、これぜんぶ、宇宙に関係する物なんだ。クイン、さすがっ！　この三つが展示してある場所が、第五の通過ポイントってことなんだね？」

軍隊オタクであると同時に、宇宙オタクでもあるクインが、にっこり笑ってうなずいた。

暗号クラブのメンバーは全員知っているけれど、クインの部屋には、太陽系惑星のモビールがかざってある。天井には、電気を消すと光る、蛍光インクで描かれたプラネタリウムポスターまで張ってある。

「よっしゃ。目的地がわかったところで、いざ出発や！」

ルークは元気よく言うと、正面げんかんのそばまでかけもどり、リカのお母さんを呼んだ。

コーディたちのいる場所からも、リカのお母さんがうなずくのが見えた。ぬいでいたヒールぐつにもう一度足を入れ、ベンチから立ち上がろうとしている。

（リカのお母さん、くつずれだいじょうぶかな。あまり走らせないようにしなくちゃ）

コーディがそう思った瞬間、悲鳴が聞こえた。

ふり向くと、リカのお母さんが、おどり場でバランスをくずし、階段を転がり落ちるのが見えた。くつのヒールがかたほうもげて、石段の割れ目に引っかかっている。

「お母さん！」

リカがさけび、お母さんのほうへかけていった。コーディたちも、あわててついていく。

リカのお母さんは、階段の下にたおれたまま、動けずにいる。右足が、おかしな方向に曲がっている。

「だいじょうぶですか？」

コーディが聞くと、リカのお母さんはかぶりをふった。

「足首がおれたかもしれないわ」

顔をしかめながら、けんめいに痛みをこらえているようすだ。

リカは、泣きそうな顔になった。

「どうしよう……病院に行かなくちゃ！」

第10章

！

「あわわっ、たいへんなことになっちゃったよ！」

エム・イーが、パニックにおちいってさけぶ。コーディは、エム・イーの腕をぎゅっとにぎって、落ち着かせた。

「とにかく、助けを呼ぼう」

携帯電話を取り出し、スタッド先生が教えてくれた番号をおす。

先生は、すぐに電話に出た。

「もしもし？」

不安げな声が、電話ごしにとどく。

「スタッド先生、わたし、コーディです」

「マットは見つかった？」

スタッド先生が、張りつめた声で聞く。

「いえ、まだです。電話したのは、リカのお母さんのことなんですけど……。いま階段から落ちて、ケガをしてしまって」

電話の向こうで、息をのむ音が聞こえた。

「リカのお母さんは、だいじょうぶなの？」

「すごく痛がっていて、立てない状態で……」

「わかったわ。あなたたち、今どこにいるの？」

コーディは、自然史博物館の正面階段にいることを伝えた。リカのお母さんが、石段の割れ目にヒールを引っかけたはずみに、階段を転げ落ちてしまったことも。報告しながら、リカのお母さんのようすを確認すると、まだ階段の一番下にすわりこんだままだった。リカがかたわらにひざまずき、ぎゅっと手をにぎっている。

「先生、わたしたち、どうすればいいでしょう？」

「今、救急車を手配するわ。あなたたちはその場を動いてはだめよ。これからリトルフィールドさんにむかえに行ってもらうから、そこで待っていなさい」

「でも、まだマットが見つかっていな――」

コーディの言葉をさえぎり、スタッド先生がきびしい口調で言う。

「マットのことは、警察にまかせましょう。あなたたちの安全を確保することのほうが大事です。別行動を許可したわたしが、軽率だったわ。とにかく、そこから一歩も動かず、むかえを待ちなさい。ねんのため、リトルフィールドさんの携帯番号を教えておきますからね」

リトルフィールドさんの携帯番号をメモすると、コーディは電話を切り、スタッド先生の言葉を仲間に伝えた。五人はリカのお母さんのそばについて階段の一番下にすわり、しょんぼりと救急車の到着を待った。

「あーあ」

クインがうなだれてつぶやく。

「マットが見つからないまま、ゲームもとちゅうで終了かあ」

みんな、クインと同じ思いだった。何も言葉が出てこない。

コーディたちは、すっかり元気をなくしていた。

「ごめんなさいね……みんな……」

手で足首をおさえながら、リカのお母さんが言った。痛みがひどいのだろう、しゃべるのもつらそうだ。

(リカのお母さん、かわいそう。わたしたちに何かできればいいのに)

コーディの胸はいたんだ。

「おばさん、あやまらんといてください」

ルークがなぐさめるように言った。クインも言う。

「そうですよ。ぜんぶ、おジャマじゃマットが悪いんだから」

親切な人たちが次々と立ちどまり、ケガをしたリカのお母さんに助けを申し出た。そのたびにコーディたちはお礼を言って、もうすぐ救急車が来るはずだからと説明した。数分後、救急車が赤色灯をチカチカさせながら到着した。救急隊員が二人、救急車から飛び出してきて、リカのお母さんにかけよる。

救急隊員の女性が、リカのお母さんの足首の状態を調べるのを、コーディたちは見守った。男性救急隊員は、血圧を測っている。「足を動かしてみてください」と言われ、リカのお母さんは顔をしかめた。

「骨折しているようですね」

診察を終え、女性隊員が言った。二人がリカのお母さんを、待機していた担架にそっと運ぶ。

「今から患者さんを、ワシントン病院まで搬送します。ところで、きみたちのつきそいの保護者は？」

「今、代わりのつきそい役の人が、こちらに向かっているところです。その人が来るまで、ぼくらここで待ってますから、どうぞ病院に行ってください」

クインの話を聞いて、救急隊員はまゆをひそめた。

「小学生のグループを、つきそいなしでおいていくのは心配ね……。でも、患者さんの容体を考えると、すぐに病院に搬送しないわけにはいかないわ。きみたち、この場を動いてはだめよ。かならず五人いっしょに待つこと。どこかをふらふらしたりしないようにね！」

コーディたちは、はい、と返事をした。

男性隊員が、担架を救急車の後部ドアまでおしていく。リカが、かけよって聞いた。

「あの……つきそっていってもいいですか？　わたしのお母さんなんです」

「もちろんだよ」

救急隊員が答える。

リカは暗号クラブの四人の顔を、順番に見た。

「えっと……わたし、行ってもいいかな……？」

コーディが、暗号クラブを代表して言った。

「もちろん。リカはお母さんについていてあげて。スタッド先生には、ちゃんと伝えておくから。いろいろ助けてくれてありがとうね！」

「あの……マットを見つけられなくて、ざんねんだったね……」

リカはそう言って、担架のあとから救急車に乗りこんだ。

救急車を見送った暗号クラブの四人は、階段のとちゅうに力なくすわりこんだ。

コーディはわすれないうちにスマートフォンを取り出し、リカが病院までつきそったことを、スタッド先生にショートメールで報告した。

となりで、クインが大きなため息をつく。

「あーあ、リトルフィールドさんが来るまで、ここでおとなしく待つしかないのかあ。それからおとなしくスパイ博物館に帰って、おとなしくバスに乗りこむのかと思うと、やりきれないよなあ……」

数分のあいだ、沈黙がつづいた。みんな、じっと考えこんでいる。

ふいに、コーディの視界に、気になるものが映った。自然史博物館の入り口をかざる大理石の円柱の後ろに、だれかがさっと身をかくしたのだ。コーディは身を乗り出して、円柱の向こうをじっと見つめた。柱の後ろから、黒いくつのつま先がのぞいている。

(あの人、どうして円柱の後ろなんかにかくれてるんだろう?)

ぼんやりと思ったあとで、コーディははたと気づき、身をこおりつかせた。

(ひょっとして、例のトレンチコート男? まだわたしたちのこと、つけていたんだ!)

コーディは仲間たちのほうを見ながら、注意ぶかく、地面すれすれのところまで右手を下げた。暗号クラブにしか見えないように、指文字で「7 11」とサインを出す。ルークはさりげなく姿勢を正してすわり直し、あたりにさっと目を配った。クインが眉間にしわをよせ、エム・イーが目を見開く。

「どこにおるんや？」

ルークがするどい視線をあたりに向けながら、ささやく。

コーディは指文字で三と示し、手首をたたいてみせた。「三時の方向」という意味だ。

みんながコーディの右側を見る。その瞬間、円柱の後ろにかくれていた人物が姿を現した。黒い野球帽にカーキ色のトレンチコート、黒いスニーカー。顔の前に、新聞を広げている。

新聞の真ん中には、穴が開いていた！

コーディのかんちがいなんかじゃない。暗号クラブのあとをつけ回す不審な男は、実在したのだ。

クインが、興奮をおさえてささやく。

「コーディが言ってたとおり、オレたち、あとをつけられてたんだな」

ルークが冷静に分析した。

「たしかに体格のええやっちゃ。背も、おれよりは確実に高い。ちゅうことはマットではなさそうやな。マットなら、おれより少し低いくらいやけ」

エム・イーはすっかりおびえたようすで、コーディにすがりついた。

「け、警察呼ばなきゃまずいかなっ？」

コーディが返事をする前に、トレンチコート男は新聞を放り投げると、くるりと回れ右して、走りだした。

「おい、あいつ、逃げよるぞ！」

ルークがさけぶ。クインも立ち上がった。

「追いかけて、正体をつきとめようぜ。あいつが何をたくらんでいるのかも、はっきりさせなきゃ」

でも、エム・イーははげしく首を横にふった。

「ダメだよっ。あたしたち、ここにいなきゃいけないって、スタッド先生に言われてるんだから！　移動したら、あとでめちゃくちゃめんどうなことになるよ！」

コーディは、フル回転で考えをめぐらせた。

(早くしないと、トレンチコート男をつかまえるチャンスがふいになっちゃう！)

でもエム・イーの言うとおり、今ここを動いたら、あとでたいへんなことになるのはたしかだ。それにもし、トレンチコート男が危険な人物だとしたら……。

とつぜん、ルークが大声でさけんだ。

「エ・プルリブス・ユヌムっちゃね！」

三人が、あっけにとられてルークを見る。

「はっ？」

エム・イーが、顔をしかめて聞いた。ルークはかまわず、くり返した。

「エ・プルリブス・ユヌムや。どげな意味か、おぼえとるやろ？」

「『多数から一つへ』でしょっ？　なんで今、そんな話が出てくるわけ？」

あきれたように言うエム・イーに、ルークは力強く宣言する。

「ええか。おれたちが四人いっしょにおるかぎり、安全や。数は力なり。数が多けりゃ、おそれることはない。あとを追おう」

「でも、リトルフィールドさんがっ……」

エム・イーは、まだ納得しない。

仲間が話しあうあいだ、コーディは逃げていくトレンチコート男を目で追いつづけた。博物館の角を曲がりかけたのに気づき、とっさに指示を出す。

「みんな、あいつを見うしなわないように追いかけて！　わたしがリトルフィールドさんに、ショートメールを送っておくから」

「オッケー。LEET暗号で書いときなよ。ほかのだれかに読まれないようにさ。まさかと思うけど、だれかにケータイをぬすまれてる可能性もあるからな」

クインが走りながら、後ろをふり返って言う。

「でも、リトルフィールドさん、LEET知ってるのかな？」

「知ってるさ。自己紹介のとき、コンピュータ・エンジニアだって言ってたもん。コンピュータの専門家がLEETを知らなかったら、も、ぐ、り、だよ」

コーディはスマートフォンのショートメール画面を出し、リトルフィールドさんあてに、すばやく暗号メッセージを打った。

! |) () (_) $! |v| 4 $ (_)。
|< 4 И 4 12 4 2 (_)
$ (_) 6 (_)
12 3 И 12 4 |< (_)
$! |v| 4 $ (_)。

（答えは解答編２５０ページ）

「コーディ、早くっ！」

クインとルークのあとを追いかけるエム・イーが、ふり返って呼んだ。

ショートメールを送り終えると、コーディは走りに走った。ようやく仲間に追いついたとき、コーディはぜいぜいと、肩で息をしていた。

「トレンチコート男はどこ？　ひょっとして、見失っちゃった？」

「いや。あそこや」

ルークが、自然史博物館のとなりに広がっている庭園を指さした。ゲートの脇に、「ナショナル・ギャラリー彫刻庭園」と書いてある。

クインが言った。

「行こう。追いかけるんだ！」

第11章

彫刻庭園の門をくぐったところで、暗号クラブの四人は立ちどまり、庭園内を見回した。あたりにはたくさんの観光客がいる。トレンチコート男は人ごみにまぎれ、こつぜんと姿を消してしまった。

「見うしなっちゃったよっ！」

エム・イーが、キンキン声でさけんだ。

「こんなに人がおったら、さがすんはムリやないか」

ルークが、ため息をつく。クインは、顔をしかめた。

「どうする？」

コーディは、噴水のそばにある彫刻の一つを凝視した。

岩の上に、巨大なウサギがすわっている像だ。ウサギはあごに手を当て、『考える人』みたいなポーズをとっている。さっき、そのへんてこな彫刻の後ろに、だれかがさっと身をかくしたような気がしたのだ。

「もしかしたら、あそこかも」

コーディはささやいた。クインが、するどい視線であたりを見る。

「どこ？」

「岩の上にすわっているウサギの像、見える？」

クインが目を細めて像を見る。

「じっと見ちゃだめだってば！　さりげなくよ。あの像の後ろに、かくれてるかもしれない」

「警察を呼んだほうがよくないっ？」

エム・イーの提案に、コーディは首を横にふった。

「警察を呼ぶのは、まずはトレンチコート男のことが、もう少しわかってからのほうがいいと思う」

「マットのことはどうする？　オレたちの任務は、あいつを見つけることなんだぜ」

クインが聞く。コーディは、早口で答えた。

「もちろん見つけるわよ。トレンチコート男の人相が確認できしだい、警察を呼んで、次の通過ポイントの航空宇宙博物館に向かおう。今ごろマットは、そこにいるかもしれないものね」

仲間はそろって、うなずいた。

クインがスマートフォンを出し、緊急電話番号「911」をいつでもおせるように準備する。ルークはいざというとき助けを呼べるように、警備員と庭園スタッフの位置を確認した。少なくとも出入り口に数人、スタッフの姿が見える。エム・イーは、小動物みたいにぶるぶるふるえながら、ウサギ像に向かう三人のあとをついていった。

コーディが、仲間たちにねんをおす。

「なんにも気づいてないフリをしてね」

四人はまわりにあるほかの像を指さして、笑ったり、感心したりする演技を始めた。周囲には、巨大なクモや、走る棒人間、積み上げられたいすなど、きみょうなアート作品がたくさんある。

四人がウサギ像の前にやってきたとき、像の後方から人が飛び出し、矢のように逃げていった。

トレンチコート男だ。

だが人相を確認しようにも、そでで顔をかくしていたから、見えたのは後ろ姿だけだった。

「あっちに行ったぞ！」とクイン。

「あとを追え。逃がしちゃいけん！」

ルークがさけぶ。

クインとルークが、かけだした。コーディとエム・イーは、あわててあとにつづく。

トレンチコート男は、赤いアーチやロボットといったユニークな彫刻が点在する小道を、ぬうように走っていく。

（ぶじにトレンチコート男をつかまえたとして……そのあとはどうすればいいんだろう？）

走りながら、コーディはふと思った。

（ま、そんなことは、つかまえてから考えればいっか！）

出口に向かって疾走するトレンチコート男の後ろ姿を指さし、ルークが絶叫する。

「あいつ、庭園ば出ていきよるぞ！」

「今度はどこ行くつもりだろっ？」

エム・イーが、息を切らしながら聞いた。

「わからん。けど、心配せんでも平気や。すぐ後ろを追っとるけえ、見うしなうはずは……あれ？」

自信満々だったルークは、とちゅうで言葉をうしなった。

庭園を出た先の大通りで、トレンチコート男はふたたび人ごみにまぎれ、姿を消してしまったのだ。暗号クラブの四人は、道路の四つ角に立って、全方向をきょろきょろ見回した。コーディは、ため息とともにつぶやいた。

「見うしなっちゃったよ……」

クインが、ポケットに手をつっこんで言う。

「まったく、まいるよなあ。オレたちはあいつをつかまえられないのに、あいつのほうはオレたちの行く先にどこまでもついてくるんだから。いったいあいつ、何が目的なんだろう？」

コーディは肩をすくめた。

「こうなったら、第五の通過ポイントに向かうしかないわね」

コーディは、スマートフォンをチェックした。リトルフィールドさんからショートメールの返信が来ているかもしれないと思ったのだ。でも、返事はなかった。

四人は、第五通過ポイントの航空宇宙博物館に急いだ。彫刻庭園からは、早足で五分の距離だ。

正方形のブロックをならべたような形をした博物館までやってくると、一行は正面げんかんをさがした。ガラス張りのロビー前に到着し、あたりを見回す。コーディはがっくりと肩を落とした。マットもトレンチコート男の気配も、どこにもない。

「中に入れたらいいのになあ」

博物館正面にそびえる、針みたいにとがった形のモニュメントを見上げながら、クインがざんねんそうに言った。

「航空宇宙博物館は明日見学する予定だって、スタッド先生が言ってたよ」

コーディが言うと、エム・イーは無情にも首を横にふった。

「それは、もしマットを見つけたらの話でしょ？　このまま見つからなかったら、旅行は即終了っ。今日中にも、バークレーにもどることになるよ、きっと」

「そげなこと言わんでも、おれたちならきっと見つけるけえ、だいじょうぶや。とにかく、次の手がかりばさがそう。急がんと、時間がないぞ」

ルーク、クイン、エム・イーの三人が、手がかりの書かれた黄色い紙をさがすあいだ、コーディはリトルフィールドさんに連絡を入れるため、もう一度ショートメールを送った。


! |v| 4、|< () (_) |< (_) (_)
4 |< (_) 8 (_) + (_) |< 4 И И !
! |v| 4 $ (_)。

（答えは解答編２５１ページ）

（それにしても、リトルフィールドさんからの返事がな

いの、へんだな）

コーディは首をかしげた。

（まさか、リトルフィールドさんの身にも、何か起こっているとか……）

コーディは不安になって、しばらく携帯の画面を見つめたまま待った。でも、今度も返事は来なかった。

そのとき、コーディの頭に、とっぴょうしもない考えがうかんだ。

（もしかして、あのトレンチコート男、リトルフィールドさんじゃない!?）

考えてみれば、体格や身長がぴったり当てはまる。ショートメールの返事が来ないのも、それで説明がつく。でも、そんなことあるはずがない。そもそも、リトルフィールドさんが、なぜ暗号クラブを尾行しなければならないのか、理由がない。コーディは小さく首を横にふって、その考えを頭から追い出そうとした。けれど、どんどんいやな方向に、想像が広がっていく。

（リトルフィールドさんが、つきそい役になりすました誘拐犯だったら、どうしよう）

そこまで考えて、コーディはぞっとした。

そのとき、ルークが手をぶんぶんふっているのに気づいた。黄色い紙を見つけたらしい。コーディは走っていって、三人に合流した。

「なんて書いてあるの?」

「今度は、意味不明な単語がならんどる」

ルークが、標識に書かれた記号のつらなりを指さす。

エビファイー
バーガードーフエ
ルビ

コーディは読み上げて、首をかしげた。

「どういう意味なんだろう?」

「いい質問だねっ。さっぱりわかんないよ」

(答えは解答編251ページ)

　エム・イーが肩をすくめる。

「腹が減っとるせいや知らんけ、おれにはエビフライとバーガー、それにトーフっち読める……」

　ルークが言うと、グウッと大きい音がした。クインがおなかをおさえ、言う。

「そう言われると、オレもマジで腹が減ってきた……」

「そうじゃなくて、これはアナグラムでしょっ、どう見ても！」

　エム・イーがつっこむ。

「ほら、アナグラム問題が得意なルークっ！　エビフライとか言ってないで、ちゃんと順序入れかえるっ！」

　エム・イーがさらにハッパをかける。

　コーディはおかしくて笑いだしそうになりながら、問題を解きはじめた。

「これってきっと、三つの言葉が、それぞれアナグラムになってるんだよね。ということは、一番かんたんに答えが出るのは、三行めの『ルビ』。前後を入れかえればいいだけ」

「『ビル』……どこかの建物の名前か……」

クインが考えこむ。しばらくたって、ルークがパチリと指を鳴らした。

「エビファイーは、エフビーアイ、つまりＦＢＩ（連邦捜査局）や！」

「なるほど！」

三人が、目を輝かせる。

「ってことは、『バーガードーフエ』が何かは、もう決まりだな」

クインがはずんだ声で言った。

「え、何っ？」

エム・イーが聞く。

「かつてＦＢＩのトップを長年つとめた、フーバー長官のフルネームだよ。ＦＢＩ本部は、長官に敬意を表して、エドガー・フーバー・ビルって呼ばれてるんだ」

「住所を確認するから、ちょっと待ってて」

コーディが、スマートフォンで建物名を検索する。

「ペンシルベニア・アベニュー九三五番地。スパイ博物館のすぐ近くよ」

地図サイトを見ながら言う。

「ここがゲームの最終ポイントだよねっ？　もしそこでマットを見つけられなかったら、ゲームオーバーってことになるね」

エム・イーが、地図をのぞきこみながらつぶやく。

コーディは、力強い口調で言った。

「何がなんでも、マットを見つけなくちゃ！」

第12章

！

ＦＢＩのエドガー・フーバー・ビルを目にしたコーディは、思わず心の中でつぶやいた。

（いつの日か、このビルの内部を見学できる日が来ますように！）

ＦＢＩ本部については、たくさんの本で読んだから、よく知っている。

ここは、ただのオフィスビルじゃない。ビルの中に、町がまるまる一つ入っているみたいに、あらゆる機能がつまっているのだ。

建物内には、自動車修理所、バスケットボールコート、カフェテリア、ルーフテラス、暗号文書保管庫、写真現像所、スポーツジム、射撃場、診療所、おまけに死体保管所まである。

ビルの外壁はガラス張りなので、ＦＢＩ捜査官たちが働く姿が、外から見えるようになっている。

（本物の捜査官たちに、会ってみたいなあ！）

暗くて、陰気な感じで、連邦捜査局というより、刑務所っていうほうがぴったりくるような雰囲気だ。その中で特別捜査官として働く気分を、コーディは想像してみた。

（悪者を逮捕したり、犯罪組織を調査したり、ドラマ『ＣＳＩ』みたいに科学捜査をしたり……ああ、考えるだけでわくわくする！）

暗号クラブの四人は、ゲーム最後の黄色い紙を見つけるために、ＦＢＩ本部ビルの正面から、捜索を始めた。

建物の角に面した正面げんかんは、映画館の入り口みたいに見える。でも、映画館なら上映作品のタイトルがならんでいるだろう場所に、アメリカ国旗がかかげてあるところが、やっぱりＦＢＩ本部だ。

正面げんかんのまわりには何もなかったので、四人はビルの西側に回った。やっぱり、何も見つからない。

「反対側、見てみるか」

ルークが先頭に立ち、ビルの東側入り口に向かった。建物の角を曲がったとき、ルークが声をあげた。

「あったぞ！」

建物の壁を指さしながら、黄色い紙に向かって走る。と、張り紙の前にだれかが立っているのが見えた。

白いTシャツとぶかぶかジーンズをはいた男の子だ。茶色い髪はくしゃくしゃにみだれている。足もとには、みょうに大きな、黒いリュックがおいてある。

男の子がだれか、コーディにはすぐにわかった。

「マットだ！」

おジャマじゃマットは黒いマジックを手にして、一心不乱に何かを書きこんでいた。

ふと後ろを向き、ルークがすぐ後ろにいるのに気づく。マットはすばやく足もとのリュックを引っつかもうとしたがつかみそこね、そのままかけだそうとした。

だが、逃げだすよりも一瞬早く、ルークがマットの腕をつかんだ。

「もう観念しい」

「はなせよ！」

ルークの腕をふりほどこうと、マットがもがく。

でも、もうおそい。暗号クラブの四人は、マットを完全に包囲していた。

コーディは、怒りをこめて、さけんだ。

「マット、今までいったいどこにいたのよ？　スタッド先生、死ぬほど心配してるのよ！」

「おまえ今、そうとうマズいことになってるぞ」とクイン。

「校長先生のお説教を通りこして、退学させられちゃうかもねっ」

エム・イーがつけくわえる。

「けっ、それがなんだってんだ」

マットが、はき捨てるように言った。黒マジックを放り投げ、空に向かって拳をつき上げる。

「おれは、ゲームに勝ったんだ！　現役のＦＢＩ捜査官に会うのは、おまえらじゃなくて、このおれ様だ。おまえら暗号クラブは、負け犬ってことだ。思い知ったか」

「それだけのために、勝手な行動とって、みんなに心配かけたの？」

コーディは、あぜんとしてたずねた。開いた口が、ふさがらない。

「ゲームに勝ちたい――ただそれだけのために？　マットと同じグループの子たちは、どうなるわけ？」

「決まってんだろ、あいつらも、おまえらと同じ負け犬だよ。一番はマット・ジェフリーズ。おれこそが、最強スパイだ！」

マットは身をかがめ、地面に転がったリュックをつかみ上げた。小さいポケットのファスナーを開け、地面から拾い上げた黒マジックを中に入れる。

コーディは、壁に貼られた黄色い紙に目をやった。モールス信号でメッセージが書かれている。いや、正確にいえば、「モールス信号ふうの落書き」だ。マットがマジックでさんざん点や丸を書きくわえたせいで、まるで意味が通じない信号に変えられていた。

（わたしたち暗号クラブを妨害して、ＦＢＩ捜査官に会えなくするために、暗号の改ざんまでするなんて……）

コーディは、くちびるをかんだ。

マットはリュックの大きいポケットを開けようとした。だが、ファスナーが何かに引っかかって、とちゅうまでしか開かない。中に片手をつっこんでかき回し、力ずくでファスナーを動かそうとする。手を外に出したひょうしに、中身が一部、飛び出した。カーキ色の布地だ。

「そのリュックの中、見せなさいよ！」

コーディはさけんだ。

マットがリュックをわしづかみにし、胸もとでかかえこむ。

「そのリュックの中に、何が入ってるんだ、マット？」

クインが聞く。

マットは、答えない。

しびれを切らしたルークが、マットの手からリュックを引ったくった。

「返せよ！」

マットはさけんだが、ルークはさっと背を向け、リュックのファスナーをいきおいよく開けた。中身を一つずつ取り出し、確認していく。

まず、カーキ色のトレンチコートが出てきた。それから黒い野球帽、鏡つきのサングラス、つけヒゲ、おり曲げた新聞紙、黒いくつ。さらには、スタッド先生からぬすんだ行程表のプリント。

(トレンチコート男は、やっぱりマットだったんだ)

コーディたちは驚きをかくせないまま、マットを見つめた。

マットがリュックの外に出された物をわしづかみにし、ふたたびリュックの中に乱暴におしこんでいく。

コーディは、ようやく口を開いた。

「わたしたちのこと、ずっとつけてたのね」

「おれたちが各ポイントを通過するたびに、近くでようすをうかがってたのは、こういうことだったんだな――」

クインが腕組みして言う。

「――先生のポケットから、行程表と暗号の答えが書いてある紙をぬすんでいたから、おれたちが向かう場所は、あらかじめお見通しだったわけだ」

マットがかみつくように言う。

「ぬすんでねえよ！　借りただけだって」

クインが、冷静な声で問いつめる。

「暗号クラブが最後のポイントまで来るのをたしかめてから、ひと足先に最後の暗号問題を改ざんし、ゴールさせないようにする――それが目的だったんだな？」

マットは、そっぽを向いている。

ルークがほおをかきながら、ふしぎそうに言った。

「けど、一つ気になることがあるんや。トレンチコート男は、ふつうの大人くらい背たけがあったはずや。マットはおれより背が低いはずやのに……どうゆうこっちゃ？」

解せない顔をしているルークを、マットは鼻で笑った。

「まぬけな質問だな。優秀なスパイは、背なんていくらだってごまかせるんだよ。おまえら、シークレットシューズってもんを知らないのか？　ミュージアム・ショップに売ってたぜ、ほら」

マットはじまんげに、黒いくつをつかみ上げて見せた。一見、なんのへんてつもないくつだけれど、よくよく見ると底の部分がぶ厚く、かかとに五、六センチのかくしヒールがある。

「これをはいてたのね。いつもの白いスニーカーを、黒くぬったとばかり思いこんでた」

コーディがひとりごとのようにつぶやくと、マットはほこらしげに言った。

「たしかに黒くぬったぜ。始めはそれをはいてたけど、ミュージアム・ショップでこれを見つけて、はきかえることにしたんだ。変装をかんぺきにするためにな」

コーディは、マットの足もとを見た。いつもはいている白いスニーカーが、黒マジックで乱暴にぬりつぶされている。せっかくのナイキシューズが、だいなしだ。

エム・イーがあきれたようにため息をつき、マットをにらみつけた。

「とにかくあたしたち、あんたのせいで、めちゃめちゃこわい思いしたんだからね。本物のスパイに、誘拐されるかと思ったんだからっ」

ルークが肩をすくめた。

「いや、おれはいっちょんこわくなかったぞ」

「おれもぜんぜん。どうせマットだろうと、見当はついてたしな」

クインがかぶせるように言う。

（あれ？　クインもルークも、トレンチコート男はマットじゃないって思ってたはずなのに）

きっと、マットの前でみとめたくないのだろう。コーディは二人にならい、クールな口調で言った。

「まあ、いい気分でなかったのは、たしかだけどね」

「負けおしみ言ってねえで、いいかげんにみとめろよ」

マットがうす笑いをうかべる。

「おまえらの頭脳を四人ぶん合わせたより、おれ一人のほうが、だんぜん優秀なスパイだってことをな。おれにかかれば、オリジナル暗号なんてすぐに作成できちまう。変装もプロレベルだ。将来はＦＢＩ捜査官になって、おまえらのままごと暗号クラブとはちがう、本物の暗号クラブを作ってやるぜ！」

得意そうなマットの顔を見て、コーディはまゆをよせ、小さく首を横にふった。

(リカの言ったとおりだ。おジャマじゃマットは、暗号クラブの一員になりたかったんだ)

＊＊＊＊＊

コーディは、スタッド先生とリトルフィールドさんにショートメールを送り、マットを見つけたというニュースを知らせた。

スパイ博物館は、FBI本部ビルの目と鼻の先にあるので、二人はすぐにかけつけた。行方不明になっていたマットと、暗号クラブの四人がぶじであることを確認し、スタッド先生がどんなにほっとしたかは、言うまでもない。

マットは、自分がグループをはなれた理由を説明しようとしたが、スタッド先生はいっさい耳を貸さなかった。そして、マットのしでかしたことは大問題であり、ゲームのルールを無視した以上、たとえ一番でゴールしたところで、賞はもらえないと言いわたした。マットのせいでゲームが中止になったのだから、とうぜんだ。

スパイ博物館にもどるとちゅう、暗号クラブの四人は、先生とリトルフィールドさんに、何が起こったのかを報告した。マットはふくれっ面で、ひたすら下を向いて歩いた。

「ところでリトルフィールドさん、どうしてショートメールの返事をくれなかったんですか？　もしかしたら、リトルフィールドさんの身にも何か起こったのかもって、心配したんですよ」

コーディが聞いた。もちろん、一瞬でもリトルフィールドさんをうたがったなんてことは、口がさけても言えない。

「ショートメール？　なんだい、それは？」

リトルフィールドさんがきょとんとした顔で言ったので、暗号クラブの四人はくすくす笑った。

（うそでしょ！　コンピュータ・エンジニアが、ショートメールを知らないなんて！）

「いえ、なんでもないんです。気にしないでください」

コーディはそう言って、ごまかした。

スパイ博物館に着くと、スタッド先生がすぐさまマットをバスに乗せた。また騒動を起こしたりしないよう、リトルフィールドさんがとなりにすわり、監視役になる。

「さて、あなたたち――」

スタッド先生は、バスの前で暗号クラブの四人に向き直った。

「あなたたちは、リトルフィールドさんを待つようにという、先生の指示を聞かなかったわね――」

スタッド先生が腰に手を当て、バスの前に立つ四人の顔をのぞきこむ。

（ああ、やっぱりわたしたちも、おこられるんだ。やくそくをやぶって勝手な行動をとったんだもん、とうぜんよね）

コーディは罰があたえられるのを覚悟して、下を向いた。

「――でも、あなたたちがマットを見つけたい一心で、指示にそむいたのだということは、先生にも理解できるわ。しかも、本当にマットを見つけてくれたのだから、どんなに感謝しても、し足りない気持ちよ」

スタッド先生はそう言うと、四人を一人ずつ、ぎゅっとだきしめた。

コーディは、ほこらしい気持ちになった。

「もちろん、先生に事前にことわりを入れてくれたほうが、よかったけれど……それはもう、言わないことにしましょう。あなたたちのおかげで、バークレー小六年生のみんながぶじ旅行をつづけられることになったわ。こんな騒動を引き起こしたマットについては、明日、リトルフィールドさんにつきそっていただいて、家に帰すつもりだけれどね」

（……なんだかおジャマじゃマット、かわいそう）

コーディは、そう思わずにいられなかった。

たしかにマットはいつも、問題ばかり起こしている。今回だって、勝手にいなくなったりして、先生やみんなにめいわくをかけたのだから、罰を受けるのはしょうがない。でも、一人だけ旅行をつづけられないというのは、あまりにも気の毒だ。

コーディは、先生に話してみることにした。

「スタッド先生」

「なあに、コーディ?」

「わたし、考えたんですけど……。マットを家に帰らせる代わりに、今日の残りの半日を、バスの中で反省してもらうっていうのはどうでしょう。もし次にまたゲームをやる予定なら、準備を手伝わせるのもいいかもしれません。マットは絵がすごく上手だから、イラストを使った暗号作りをたのんだら、よろこんで描いてくれると思います」

　先生が眉間によせていたしわがすっと消え、代わりにおだやかな笑顔がうかんだ。

「それは名案ね、コーディ。ワシントンD.C.に残るほうが、家に帰るよりずっと、学ぶことが多いのはたしかだわ。今日の午後、みんながさくらフェスティバルの会場ですごすあいだ、マットには明日の準備をたっぷり手伝ってもらうことにするわ」

　コーディはスタッド先生に、にっこり笑ってみせた。

(先生は、やっぱり話のわかる人だ)

　きびしいけれど、コーディたちにとって何が一番いいことかを、最優先に考えてくれる。こちらがちゃんと説明すれば、理解しようという努力はおしまない。先生のクラスになれてよかったと、コーディはいつも思う。

「先生っ、リカのママのけがの具合は？」

エム・イーが聞いた。

「リカのお母さんなら、だいじょうぶ。さっきリカに電話して話を聞いたのだけれど、足首にギプスをつけてもらったので、旅行はこのままつづけられるんですって。松葉づえか車いすで移動することになるでしょうけれどね。リカのお母さんは、強い人ね」

スタッド先生が、たのもしそうに言う。

「二人とも、まだ病院にいるんですか？」

コーディは聞いた。リカにあのあとの話を聞かせたくて、うずうずしていたのだ。

そのとき、スパイ博物館の前に一台のタクシーがとまった。後部座席のドアが開く。つきそいのおばさんといっしょに、黒髪の少女が出てきた。

（あ、リカだ！）

車を下りたリカが顔を上げたとたん、暗号クラブの四人は大爆笑した。

リカは、くちびるの上に、りっぱな口ヒゲをつけていたのだ！

「リカ！」

四人は口々に名前をよび、リカを取りかこんだ。

「もどってこれて、よかったね！」

口ヒゲをはずしたリカは、うれしそうに笑った。

「あの……お母さんは今、病院で治療中だから、いったんもどってきたの。みんなに……お礼が言いたくて」

エム・イーが言う。

「リカのママ、旅行つづけられるんだってね、よかったっ」

「なあリカ、オレたち、マットを見つけたんだぜ！」

クインの言葉に、リカが目を丸くした。

「ほんとに!?」

「ニュースなら、まだあるわ」

後ろからスタッド先生の声が聞こえた。リカに向かって、満面の笑みで言う。

「暗号クラブは、スパイ養成ゲームも最後までやり通したのよ」

先生は、今度はコーディたちの顔を順番に見た。

「あなたたちはすべての手がかりを見つけ、カンニングなどいっさいせずに謎を解読し、第六ポイントまでぶじにたどり着きました。そしてマットのことも、やくそくどおり見つけてくれました。先生は、暗号クラブのみんなに心から感謝します。そこで特別に……暗号クラブのみんなを、ＦＢＩ捜査官に会わせたいと思います！」

「ひゃっほー！」

「サイコーや！」

ルークとクインが口々に言い、エム・イーは拍手しながら、よろこびのキイキイ声をあげた。

コーディは仲間に向かって、指文字で質問した。

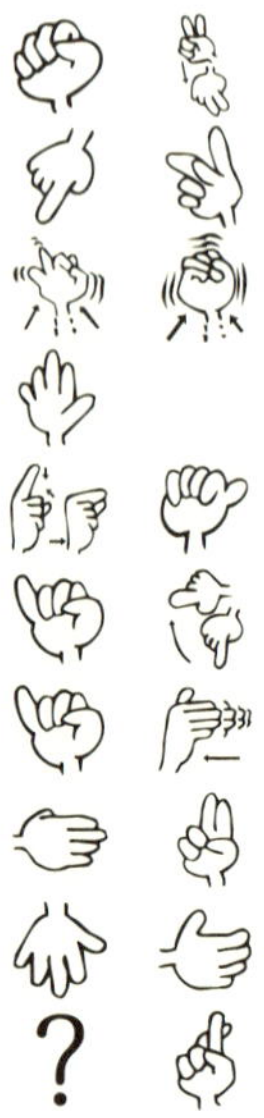

（答えは解答編252ページ）

クインもエム・イーもルークも、親指をぐいっと立ててみせた。オーケーの印だ。

コーディは、リカに笑いかけた。

「リカ。よかったら、暗号クラブに入らない？　リカは暗号を解く才能があるし、きっと優秀なメンバーになってくれると思うの」

クイン、エム・イー、ルークが、にこにこしながらうなずく。

リカの目に、なみだがせり上がってきた。

「わたし……ほんとに暗号クラブに入っていいの？　だとしたら、今日は最高の誕生日かも……」

「えっ、リカの誕生日って、今日なの？」

コーディは、目を丸くした。

リカが、はずかしそうにうなずく。

暗号クラブの四人は、声をそろえて言った。

「ハッピーバースデー、リカ！」

「ありがとう」

リカは、また笑顔にもどった。

「わたし……暗号クラブに入れて、すごくうれしい！」

＊　＊　＊　＊

ふたたびタクシーで病院にもどっていくリカを見送りながら、コーディは思った。

（暗号クラブに新しいメンバーがくわわった！　なんか、わくわくするなあ！）

ワシントンD.C.旅行が終わったら、しばらく学校では通常授業がつづく予定だ。

でも、たしか一か月くらいあとに、社会科見学で、カリフォルニアのエンジェル島を訪れることになっている。エンジェル島にはかつて移民局がおかれ、太平洋をわたってきたおおぜいのアジア人を受け入れた歴史がある。

スタッド先生の話によると、今はもう使われていない島内の駅の壁には、たくさんの謎のメッセージが彫られているんだそうだ。どれも、新天地を求めてアメリカにや

TAXI

ってきた、移民たちの手によるものだという。

（リカの国、日本からの移民も、たくさんいたんだろうな）

コーディはふと思い出し、さっきリカから受け取った、一枚の紙に目を落とした。病院でつきそいの人を待っているあいだの時間を使って、コーディたちのために、暗号問題を作ってくれたのだ。

釣りたいな
ギンメダイだぞ
もうちょっと
待てばやっとこ
タコが大漁

「コーディ、何見てんのっ？」

エム・イーが、後ろからポンと肩をたたいた。クインとルークも、紙をのぞきこむ。

「リカから出された暗号問題よ」

「なんだ、この詩。リカっておもしろいやつだな」

問題を読んだクインが笑った。

「クイン、これ、そのまま読んで楽しむもんじゃないよっ。暗号がかくされてるんだってば。だよね、コーディ？」

エム・イーに聞かれて、コーディはうなずいた。

「リカが教えてくれたんだけど、『短歌』っていう日本の伝統的な詩には、各行の頭文字を拾っていく言葉遊びがあるんだって。日本には昔から、縦読み暗号があったってことだね。たぶん、これもそういう暗号じゃないかな」

「けど、頭文字だけ読んでも、意味がとちゅうまでしかわからんぞ？」

ルークが首をかしげる。四人はじっと暗号文を見つめた。

しばらくたって、コーディはパチリと指を鳴らした。

「わかった！　各行の頭文字だけじゃなくて、最後の文字も拾っていけばいいんだ！」

（答えは解答編252ページ）

リカの短歌に刺激を受けた四人は、お返しに、さっそく暗号問題を作ることにした。

それぞれ暗号ノートを取り出し、ひとしきり頭をひねる。

（同じ暗号じゃつまらないから、ちょっとだけ変えてみよう）

えんそくは楽しい
けんこうに気をつけて
よく時間を守り
いつも笑顔でいれば
きっと来る
あらたな謎解きの機会が
かつて移民のうたが聞こえた島で。

問題を書き終えたコーディは、詩を読み返してにっこり笑った。

（暗号クラブの行くところには、かならず謎が待ち受けている。だからきっと、エンジェル島でも、何かが起こるはず……そんな気がする！）

（答えは解答編２５３ページ）

暗号クラブ　暗号の答え

第1章

〈21ページ〉使われている暗号＝ばびぶべぼ語

一音節ごとにくぎってそれぞれの音節の母音と同じ「ば」行の一文字をあとにつける。「あんごう」なら「あばんぶごぼうぶ」というふうになる。「ん」のあとには「ぶ」をつけること。

〈答え〉やばすぶみびじびかばんぶ、まばだばかばよぼ？

　→やすみじかん、まだかよ？

〈34ページ〉ワシントンD.C.（ディー シー）クイズ

〈答え〉①アメリカ合衆国（がっしゅうこく）の首都は？

【あ】ワシントンD.C.（ディー シー）

②ワシントンD.C.をひと言で言うと、どんなところ？

【い】政治の中心

③アメリカの初代大統領の名前は？

【う】ジョージ・ワシントン

④エイブラハム・リンカーンは、いつの時代の大統領？

【い】アメリカ南北戦争

⑤ワシントンD.C.にある大統領官邸は、いっぱんになんと呼ばれている？

【う】ホワイトハウス

⑥ワシントンD.C.にある国防総省（防衛省）には、建物の形を表す呼び名がつけられている。その形とは？

【あ】五角形（ペンタゴン）

⑦FBIって何？

【い】アメリカ合衆国の警察組織

⑧ CIA(シーアイエー)って何？

【あ】アメリカ合衆国(がっしゅうこく)のスパイ組織(そしき)

〈38ページ〉使われている暗号＝判(はん)じ絵(え)

〈答え〉スパイ・マットはおまえを見てる

〈52ページ〉使われている暗号＝ピッグペン暗号

〈答え〉

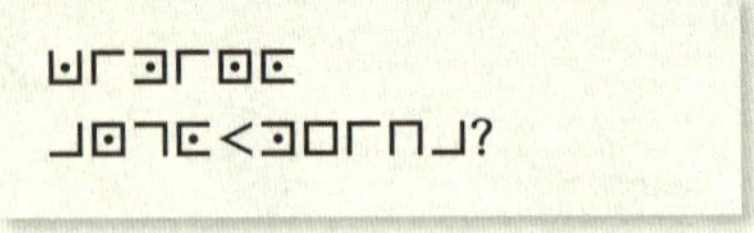

→ きみの暗号名は？

〈54ページ〉使われている暗号＝ピッグペン暗号

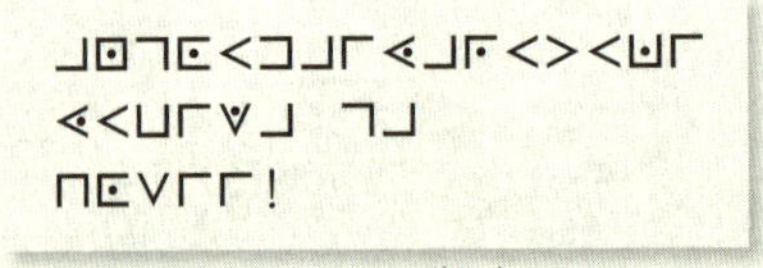

→ 暗号ダイヤルつき指輪がほしい！

→ スパイってかっこええな。

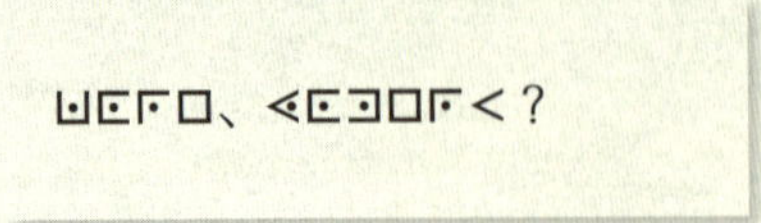

→ これ、読める？

→ スパイ博物館で、変装しようぜ。

〈55ページ〉使われている暗号＝大字と数字転換暗号

七　参弐　参五　壱参　゜弐六　弐

参八　参　壱四　弐　゛九　一　参参　弐弐

壱壱　四六　六　壱弐　壱六　弐　六？

〈答え〉

7・32・35・13・゜26・2

38・3・14・2・゛9・1・33・22

11・46・6・12・16・2・6？

↓

きみもスパイ養成ゲームに参加したいか？

第３章

〈73ページ〉使われている暗号＝ピッグペン暗号

〈答え〉スパイになったとき使う、
にせの経歴を考えよう

〈80ページ〉使われている暗号＝ピッグペン暗号

〈答え〉おまえは見張られている

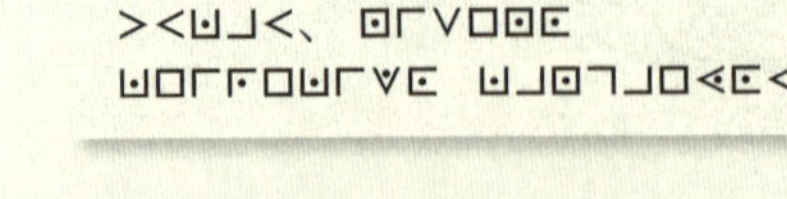

第4章

〈89ページ〉使われている暗号＝モールス信号

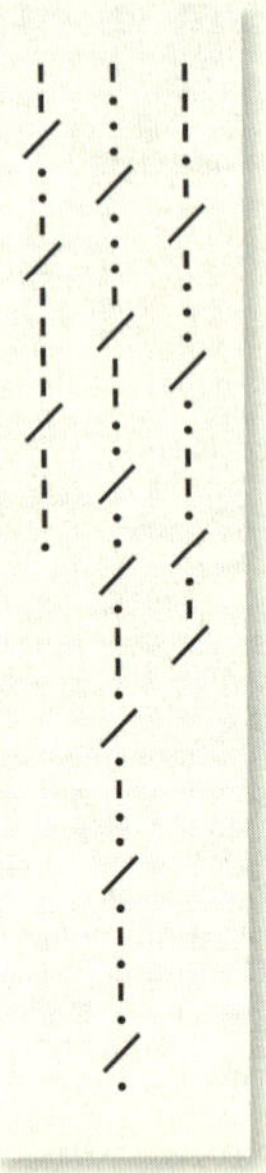

〈答え〉スパイ博物館へようこそ

第5章

〈105ページ〉使われている暗号＝大字

〈答え〉

参八° 五参' 弐弐.零八参七七" N
七七° 弐' 六.八六参七八" W

↓

38° 53' 22.08377" N
77° 2' 6.86378" W

〈107ページ〉使われている暗号＝縦読み

〈答え〉各行の最初の文字を縦に読む

↓ワシントン記念塔

ワシントンD.C.の中心に位置する観光名所。
シンプルな形が特徴で、管理はスミソニア
ン協会に任されている。先端部分にくらべてボ
トム部分が大きく、壁の厚みは四五.七二セ
ンチメートル。ある偉大な人物への、感謝の
きもちをこめて建てられた。
ねんかんの訪問者数は、じつに五十まんに
んを超えるという。入場料に関しては、無料
となっている。また、建物の前方には入り江が、
うしろには庭園がある。

第6章

〈117ページ〉使われている暗号＝ジョージ・ワシントン暗号

〈答え〉・白い城(しろ)

〈124ページ〉使われている暗号＝モールス信号(しんごう)

ー・ー／ー・／ーー・ー・／ー・／・・ー・／

・ーー・／ー・ーー／・・・／ーーー／・ー・ーー／ー・ーー・

〈答え〉わたしたち　つけられてる

第7章

〈137ページ〉使われている暗号＝アメリカ南部連合(なんぶれんごう)暗号

10・8・12・10・5・9・8・8
2・26・4・2・23・1・26・20・9・24・26・2……

〈答え〉JINMINNO

JINMINNIYORU↓人民(じんみん)の　人民(じんみん)による……

abcdefghijklmnopqrstuvwxyz
bcdefghijklmnopqrstuvwxyza
cdefghijklmnopqrstuvwxyzab
defghijklmnopqrstuvwxyzabc
efghijklmnopqrstuvwxyzabcd
fghijklmnopqrstuvwxyzabcde
ghijklmnopqrstuvwxyzabcdef
hijklmnopqrstuvwxyzabcdefg
ijklmnopqrstuvwxyzabcdefgh
jklmnopqrstuvwxyzabcdefghi
klmnopqrstuvwxyzabcdefghij
lmnopqrstuvwxyzabcdefghijk
mnopqrstuvwxyzabcdefghijkl
nopqrstuvwxyzabcdefghijklm
opqrstuvwxyzabcdefghijklmn
pqrstuvwxyzabcdefghijklmno
qrstuvwxyzabcdefghijklmnop
rstuvwxyzabcdefghijklmnopq
stuvwxyzabcdefghijklmnopqr
tuvwxyzabcdefghijklmnopqrs

エ・プルリブス・ウヌム

第8章

〈156ページ〉使われている暗号Ⅱ

言葉(ことば)の頭文字(かしらもじ)をつなげる暗号

カメ、**チ**ンパンジー、**ハ**ト
オオカミ、**レ**ッサーパンダ、**ガ**チョウ、**モ**グラ、**ラ**クダ、**ウ**サギ。
スズメ、**パ**ンダ、**イ**ヌ、**マ**ントヒヒ、ツキノワグマ、**ト**ンビ

〈答え〉勝ちはおれがもらう。スパイ　マット

〈161ページ〉使われている暗号＝手旗信号

〈答え〉マットをさがしに行こう

第9章

〈171ページ〉使われている暗号＝暗号クラブ専用通話表

世界、おしまい、世界、いちょう、かいじゅう、てんてん、クラブ、ルビー！

〈答え〉先生が来る！

鳥かご、てんてん、うさぎ、すずめ、ルビー？

〈答え〉どうする？

〈175ページ〉使われている暗号＝指文字

〈答え〉マット

〈179ページ〉うずまき暗号

ケ	ラ	ト	サ	ウ
ソ	チ	ョ	ウ	ル
シ	ド	ン	イ	ス
ス	ノ	ア	グ	ス
ル	ウ	サ	ゴ	テ

〈答え〉ケラトサウルス　ステゴサウルス　シソチョウ　イグアノドン

〈184ページ〉使われている暗号
＝マトリックス暗号

〈答え〉月の石、アポロ司令船、
スピリット・オブ・セントルイス

43・22・55・12・32、
11・65゛・93・32・92・12・34・101、
33・62゛・85・43・45・15・63゛・
34・101・45・91・12・33

	1	2	3	4	5
1	あ	い	う	え	お
2	か	き	く	け	こ
3	さ	し	す	せ	そ
4	た	ち	つ	て	と
5	な	に	ぬ	ね	の
6	は	ひ	ふ	へ	ほ
7	ま	み	む	め	も
8	や	ゆ	よ	ら	り
9	る	れ	ろ	わ	を
10	ん				

第10章

〈201ページ〉使われている暗号＝LEET暗号

〈答え〉IDOUSIMASU。
KANARAZU
SUGU RENRAKU
SIMASU。
↓移動します。かならずすぐ連絡します。

! |) () (_) $! |v| 4 $ (_)。
|< 4 И 4 12 4 2 (_)
$ (_) 6 (_)
12 3 И 12 4 |< (_)
$! |v| 4 $ (_)。

第11章

〈209ページ〉使われている暗号＝LEET暗号

〈答え〉IMA、KOUKUU
HAKUBUTUKANNI
IMASU。
↓今、航空博物館にいます。

! |v| 4、|< () (_) |< (_) (_)
4 |< (_) 8 (_) + (_) |< 4 И И !
! |v| 4 $ (_)。

〈211ページ〉使われている暗号＝アナグラム

〈答え〉エフビーアイ（FBI）・
エドガーフーバー・
ビル

エビファイー
バーガードーフエ
ルビ

第12章

〈232ページ〉使われている暗号＝指文字

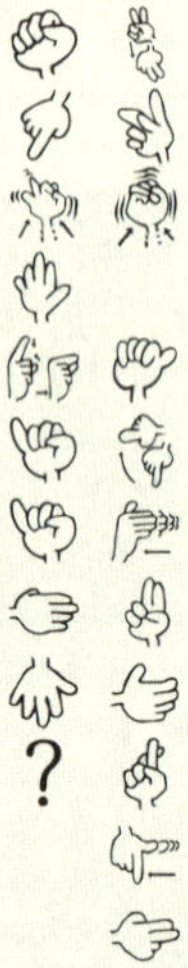

？

〈答え〉リカを暗号クラブにさそってもいいよね？

〈236ページ〉使われている暗号＝沓冠（くつかぶり）（短歌の言葉あそびの一種（いっしゅ）。「五七五七七」の各行の、最初（さいしょ）と最後（さいご）の文字をそれぞれ縦（たて）読みする）

〈答え〉**つ**りたい**な**
ぎんめだいだ**ぞ**
もうちょっ**と**
まてばやっと**こ**

釣（つ）りたいな
ギンメダイだぞ
もうちょっと
待てばやっとこ
タコが大漁（たいりょう）

たこがたいりょ**う**
↓次もまた　謎解こう

〈238ページ〉使われている暗号＝ななめ読み
〈答え〉**え**んそくは楽しい
け**ん**こうに気をつけて
よく**時**間をまもり
いつも**笑**顔でいれば
きっと来**る**
あらたな謎**解**きの機会が
かつて移民の**う**たが聞こえた町で
↓エンジェル島

えんそくは楽しい
けんこうに気をつけて
よく時間を守り
いつも笑顔でいれば
きっと来る
あらたな謎解きの機会が
かつて移民のうたが聞こえた島で。

2015年冬発売予定！

第⑥巻　エンジェル島キャンプ事件（仮）

暗号クラブの５人は、
かつて移民を受け入れるげんかん口だったエンジェル島へ、
泊まりがけの校外学習へ行くことに。
リカのひいひいおじいさんが残したメッセージが見つかった！
メッセージのヒントをもとに、ひいひいおじいさんが隠した箱を
さがしに行こうとした５人の背後に、あやしい影が……！

著者：ペニー・ワーナー　Penny Warner

児童書作家。2002年に出版した『The Mystery of the Haunted Caves』（原題）は、アガサ・クリスティー賞とアンソニー児童書賞のミステリー部門大賞を受賞した。多くの児童書を執筆し、世界十四か国で出版されている。米国カリフォルニア州ダンヴィル在住。
公式サイト http://www.pennywarner.com/

訳者：番　由美子　Yumiko Ban

英語・フランス語翻訳者。訳書に『デーモンズ・レキシコン　魔術師の息子』『新ドラキュラ（上下）』（ともにメディアファクトリー刊）、『絹の女帝』（ランダムハウス講談社刊）などがある。米国ニューヨーク州在住。

イラストレーター：ヒョーゴノスケ　Hyogonosuke

イラストレーター、アートディレクター。16歳のとき「週刊少年ジャンプ」にて漫画家デビュー。その後、数々のコンシューマーゲーム、ソーシャルゲームのアートディレクション業務に携わる。本書のほか『ホラー横丁13番地』シリーズ（偕成社刊）『ぼくはこうして生き残った！』シリーズ（KADOKAWA刊）の挿絵も手がけている。神奈川県在住。

暗号クラブ

The Code Busters Club
5: Hunt for the Missing Spy
by Penny Warner
Original English language edition first published in 2015
under the title HUNT FOR THE MISSING SPY
by Lerner Publishing Group
Copyright ©Penny Warner, 2015
All rights reserved.

Japanese translation published by arrangement with
Lerner Publishing Group through The English Agency Japan Ltd.

⑤ 謎(なぞ)のスパイを追え！

2015年8月7日　初版第1刷　発行

著　者　ペニー・ワーナー
訳　者　番　由美子
発行者　郡司　聡
編集長　豊田たみ
発行所　株式会社KADOKAWA
〒102-8177　東京都千代田区富士見2-13-3
TEL. 0570-002-001（カスタマーサポートセンター）
年末年始をのぞく平日 10時～18時まで
印刷・製本　図書印刷株式会社

ISBN 978-4-04-103524-5 C8097　N.D.C.933 256p 18.8cm

Printed in Japan
http://www.kadokawa.co.jp/

カバー・本文イラスト　ヒョーゴノスケ
装丁・本文デザイン　寺澤圭太郎
DTPレイアウト　木蔭屋
編集　林　由香

※本書の無断複製（コピー・スキャン・デジタル化等）並びに無断複製物の譲渡及び配信は、著作権法上での例外をのぞき禁じられています。また、本書を代行業者などの第三者に依頼して複製する行為は、たとえ個人や家庭内の利用であっても一切認められておりません。
※定価はカバーに表示してあります。
※乱丁・落丁本は、送料小社負担にて、お取替えいたします。
KADOKAWA読者係までご連絡ください。
（古書店で購入したものについては、お取替えできません。）
電話：049-259-1100
（9：00～17：00／土日、祝日、年末年始を除く）
〒354-0041　埼玉県入間郡三芳町藤久保550-1